THEATERBIBLIOTHEK

Geld regiert die Welt, und die Welt des Geldes trifft sich in Davos – beim Weltwirtschaftsforum. Die Konferenz ist beendet, da sind plötzlich die Akkus leer, die Netzwerkverbindung ist gekappt und das Mobilfunknetz zusammengebrochen. Die Teilnehmer sind eingeschneit, und die Milliarden liegen auf Eis. Der Banker, der Unternehmer, der Minister, der Professor, der Bischof, die NGO-Delegierte, die Geliebte des Bankers und der Chinese sitzen der Not gehorchend gemeinsam in der Hotelhalle. In den Stunden erst genervten, dann bangen Wartens beginnt ein absurder Streit um Hedgefonds, Handelsbeziehungen, um Steuersatz und Steuersünder, um Boni, Leitzins und Investments. Die Eingeschneiten geraten immer tiefer in einen Strudel aus Ratschlägen, Rechtfertigungen und wahnsinnigen Selbstbezichtigungen. Sie fiebern der drohenden finanziellen Apokalypse entgegen.

DAS ENDE VOM GELD ist wahres Wirtschaftstheater. Mit Lust und Genuss demaskiert Urs Widmer seine Protagonisten. Sein Blick auf die Wirtschaftselite ist der Blick in ein Gruselkabinett.

MÜNCHHAUSENS ENKEL, der Bankier und Investor Münchhausen steht vor dem Konkurs. Seine Geschäfte laufen schlecht und seine »Freunde« meiden ihn neuerdings. Vergeblich wartet er auf seine Gäste. Allein gelassen erinnert sich Münchhausen an die Taten seines Vorfahren, dem legendären Lügenbaron, welcher sich angeblich am eigenen Schopf aus dem Sumpf gezogen hat. Der Nachkomme deutet die Lösungsversuche seines Ur-Ahns für seine Situation um und kommt dabei zu erstaunlichen Schlüssen und Ergebnissen. Ob er damit der Realität gerecht wird, ob er manches übertreibt, ob er gar frei erfunden hat, was ihm zustößt und wie er darauf reagiert – mit anderen Worten, ob es ihm wirklich gelingt, seine Haut zu retten –, das bleibt in der Schwebe und ist zum Verzweifeln komisch.

Urs Widmer
Das Ende vom Geld
Ein Todes-Experiment
Münchhausens Enkel

Zwei Stücke

VERLAG DER AUTOREN

Bibliografische Information Der Deutschen Bibliothek
Die Deutsche Bibliothek verzeichnet diese Publikation in der Deutschen Nationalbibliografie; detaillierte bibliografische Daten sind im Internet über http://dnb.ddb.de abrufbar.

© Verlag der Autoren, Frankfurt am Main 2012
Alle Rechte vorbehalten, insbesondere das der Aufführung durch Berufs- und Laienbühnen, des öffentlichen Vortrags, der Verfilmung und Übertragung durch Rundfunk, Fernsehen und andere audiovisuelle Medien. Die Rechte der Aufführung sind nur zu erwerben von der

Verlag der Autoren GmbH & Co KG
Taunusstraße 19. 60329 Frankfurt am Main
Telefon 069/238574-0. Fax 069/24277644
E-Mail: theater@verlagderautoren.de.
www.verlagderautoren.de

Satz: RG-Datenservice, Darmstadt
Umschlag: Bayerl + Ost, Frankfurt am Main
Druck: betz-druck GmbH, Darmstadt

Printed in Germany
ISBN 978-3-88661-349-6

Inhalt

Das Ende vom Geld　　　　　　　　7

Münchhausens Enkel　　　　　　　65

Das Ende vom Geld

PERSONEN

DER BANKER
DER UNTERNEHMER
DER MINISTER
DER PROFESSOR
DER BISCHOF
DIE NGO-DELEGIERTE
DIE GELIEBTE DES BANKERS
DER CHINESE
DER HOTELDIREKTOR
DER KOCH
CHOR

1 Die Flucht

Hotellobby in Davos. Es ist der letzte Tag des World Economy Forum (WEF). Die Angestellten (= Chor) verlassen hastig das Hotel. Fluchtartig. Kellner, Zimmermädchen, einer mit einer grünen Schürze, Pagen. Einige mit hastig zusammengerafftem Gepäck. Dann:

2 Die Abreise, vorläufig gescheitert

DER BANKER *locker, heiter, abreisebereit, spricht ins Handy* Ja, Maus. Jaja, ich bin noch in Davos. Aber ich sitz praktisch im Rolls. Die Maschine in Zürich ist startklar. Gegen Abend bin ich in Bad Homburg.

DIE GELIEBTE DES BANKERS *tritt auf, drückt SMS ins Handy* Willst du wohl, du Miststück?

DER BANKER *das Handy vom Ohr nehmend* Maus, ich hab meine Frau in der Leitung. *Ins Handy.* Ja, Maus. Die sind jetzt alle am Gehen. Aber sie sind noch da.

DIE GELIEBTE DES BANKERS Kein Akku mehr.

DER BANKER *ins Handy* Hab kurz mit der Merkel. Freundlich, aber harthörig. Erzähl ich dir dann. – Hallo? – Maus? – Verbindung weg. Na ja.

DER UNTERNEHMER *jäh auf, spricht schon, während der Banker noch spricht und die Geliebte des Bankers auf ihren Tasten herumdrückt* Nein. Definitiv nein. *Winkt dem Banker zu, »hallo«.* Ich will das heute Abend noch in der Sendung haben. Intro mit mir und Sarkozy, wie wir aufs Podium gehen. Statement Schwab. Die Kernsätze meiner Intervention. Da hab ich das Wesentliche über die minimalen Standards der großen Unternehmen gesagt. Ende der closing session, ein bisschen Gates, ein zwei schöne Frauen. Carla Bruni. Und, wichtig, auch die Leitplanken der Banken müssen klar benannt werden. Kannst den Henner da nehmen, ich steh neben ihm. *Lacht.* Du siehst ihn nicht? Aber ich! Genau der! Als Banker verkleideter Haifisch. *Lacht. Der Banker lacht mit.* Ich geb ihn dir mal rüber. *Zum Banker.* Die Tagesthemen. Formulier ihnen das mal.

DER BANKER *nimmt das Handy* Hallo. Also. One: Basel III ist für uns verbindlich. Das heißt aber auch: nicht MEHR als Basel III. Two: Die Eigenkapitalquoten sind an der Schmerzgrenze angelangt und müssen tendenziell wieder sinken. Three: Das gilt auch für das harte Kernkapital. Sieben Prozent sind nur tragbar, wenn die Übergangsfristen voll ausgeschöpft werden können. Ende. *Gibt das Handy zurück.*

DER UNTERNEHMER *ins Handy* Four: Die Medien sind unabhängig und halten sich mit der Kritik an den erarbeiteten Regelungen zurück. – Was? – *Lacht.* Klar. Dich mein ich. *Lacht mehr.* Wer sonst? Etwa der Bundestag? – Hallo? *Zum Banker.* Verbindung weg.

DER BANKER Bei mir auch.
DIE GELIEBTE DES BANKERS Ein Nokia. Top Modell. Hab ich ganz neu.
DER UNTERNEHMER Ich muss heute noch nach Bielefeld.
DER BANKER Ich nach Bad Homburg.
DER PROFESSOR *am Handy, noch während der Unternehmer telefoniert* Sie erwarten mich in der Uni. Und bringen Sie den Vortrag über die Dad-Hedge-Funds mit. Dann kann ich noch die Feinkorrekturen machen. Ich – hallo?
DER CHINESE *telefoniert auf chinesisch, keinem verständlich, etwa* Ja. Ja. Ich bin der Chinese im Stück. Ja, ich bin in Davos. In Davos. Aber morgen bin ich in Shanghai. Ja. Ist eh egal, was ich sage, hier versteht mich kein Mensch. Hallo! *Ärgerlich.* Scheiße.
DIE GELIEBTE DES BANKERS Noch nie gebraucht, und schon kaputt.
DER MINISTER *am Handy* Ich geh jetzt. Die gehn alle, ja. Am Abend bin ich in Berlin. – Nein. Ja. Ich hab ja meine Kavallerie, hab ich ein bisschen aufreiten lassen, als die Clinton. Ich hab Klartext mit ihr geredet. Sie hat genickt. Ich nehm das als Einverständnis. – Ja? Hallo? Nix. Weg.
DER BANKER Netz zusammengebrochen. Wahrscheinlich telefoniert das ganze WEF nach Hause. Damit sie die Pantoffeln warm stellen in den Headquaters. *Sieht den Bischof, der mit dem Handy in der Hand auftritt.* Netz weg, Herr

Bischof. Sie müssen Ihre traditionellen Instrumente aktivieren.

DER BISCHOF Und die wären?

DER BANKER Beten. *Lacht röhrend.* Sie haben doch einen direkten Draht. Oder gibts beim Beten auch einen Datenstau, hie und da? Ostern, Pfingsten?

DER BISCHOF Ich wollte nicht mit Gott sprechen, sondern mit dem Bischofssitz. Passau ist ein Funkloch.

DIE NGO-DELEGIERTE *reisefertig, trägt einen kleinen Rucksack, am Handy* Ja. Ging gut. Bin denen ganz schön an den Karren gefahren. Nein. Nein. Der hat natürlich versucht, mich unterzubuttern. *Meint den Unternehmer.* Da steht er übrigens. Ist am Gehen, wie ich. – Das solltest du jetzt sehen, hier. Da stehn sie alle. Alles Machtmenschen, ein richtiges Panoptikum. Das gesellschaftliche Sein bestimmt ihr Bewusstsein, aber echt. Gesichter haben die! Du siehst bei jedem Einzelnen, wie das falsche System ein falsches Leben produziert hat. – Bin froh, dass ich da wegkomme. – Hallo? Hallo!?

DER BANKER *sieht den Hoteldirektor* Da ist ja unser Direktor. – Netz weg, im ganzen Haus.

DER HOTELDIREKTOR In ganz Davos. Auch im Steigenberger. So was geschieht ab und an bei hohen Minustemperaturen. Wir bemühen uns selbstredend, das möglichst schnell…

DER BANKER Ihr Haus ist eines der Leading Hotels of the World, und ich kann nicht mal mit meiner Frau telefonieren.

DER HOTELDIREKTOR Ich versuch die ganze Zeit, den Notdienst anzurufen, aber ich komm nicht durch, ich weiß auch nicht warum.

DER BANKER Aber klar, ich scherz ja nur.

DER HOTELDIREKTOR So was ist uns noch nie passiert.

DER BANKER *ruft zur Tür hinaus* Müller? Herr Müller?! Kein Fahrer.

DER UNTERNEHMER Meiner ist auch noch nicht da.

DER BANKER Müller ist sehr zuverlässig, in aller Regel. *Zum Hoteldirektor.* Bringen Sie uns was zum Trinken. Zum Abschied. Dieter. Nimm noch ein Glas mit mir. Ekkehard. Herr Professor. Mister Lee. A last drink. Herr Bischof. *Sieht die NGO-Delegierte.* Frau Doktor. Begraben Sie das Kriegsbeil für ein paar Minuten. Have a drink. Auch eine NGO-Delegierte hat doch gewiss ein paar menschliche Seiten, irgendwo, tief verborgen?

DIE NGO-DELEGIERTE Umgekehrt wird ein Schuh draus. Wo hat die ein Banker?

DER BANKER *lacht von Herzen* Unterschätzen Sie meine Menschlichkeit nicht. Ich kann ganz schön nachhaltig sein, da würden Sie staunen. *Zum Hoteldirektor.* Zwei Flaschen Moët Chandon. Sieben Gläser. Geht auf meine Rechnung.

Alle verhalten sich zustimmend.

DIE GELIEBTE DES BANKERS *zum abgehenden Hoteldirektor* Acht Gläser. Für mich auch eins. *Zur NGO-Delegierten.* Er ist ein Mann. Er denkt nie an mich.

DIE NGO-DELEGIERTE Ein Macho, ein klassischer Macho.

DER BANKER *zum Unternehmer* Wenn ich dran denke, wie wir vor vier Jahren beisammen waren. Ich dachte wirklich, jetzt fegt es uns in den Abgrund.

DER UNTERNEHMER Grauenvolle Tage. Das war wie im offenen Feld gegen einen Taifun ankämpfen. Ich hatte ja alles im Portefeuille, Lehman, AIG. Hatte ich von dir, Henner. Von deiner Bank.

DER BANKER Ich dachte, ich krieg einen Herzstillstand, als die Bildschirme verrückt spielten. Ich saß da und sah zu, wie die AIG im freien Fall war. Wir waren so nah an der Kernschmelze, <u>so</u> nah am Gau. *Zeigt wie, ein kleinstes Bisschen.* Vierhundertsiebzig der fünfhundert größten Unternehmen waren bei AIG versichert, und kaum eine Bank weltweit hatte nicht beträchtliche Engagements. Wir sowieso. Ein Albtraum.

DER PROFESSOR Das Vertrauen war weg. Schrecklich.

DER MINISTER Ein Horror. Ich habe dringlichst mit Obama telefoniert, dass er der AIG eben doch ein paar Milliarden gibt. Im Gegenzug haben wir uns auch beträchtlich engagiert. *Zum Banker.* Wie du am allerbesten weißt. – Bei der ersten Krisensitzung im Kanzleramt hatte ich Angst, dass uns das ganze System um die Ohren fliegt.

DER BISCHOF Auch Rom hatte beträchtliche Verluste. Enorme.

DER CHINESE *chinesisch* Wir können uns nicht beklagen, wir haben sogar noch zugelegt.

DIE NGO-DELEGIERTE *zum Banker* Sie hätten es wissen müssen. Andere haben es gewusst.

DER BANKER Sie jedenfalls nicht.

DIE NGO-DELEGIERTE Stiglitz, Nobelpreis, ist der niemand?

DER BANKER *ohne Begeisterung* Stiglitz! – Freuen wir uns. Wir haben die Kurve gekriegt. Davos, das World Economy Forum, hier in dieser herrlichen Berglandschaft. Schnee draußen, Sonne. Ich bin stolz, dass wir alle gemeinsam wieder ein paar Schneisen geschlagen haben in eine bessere Zukunft.

3 Erste Irritation

Der Chor, ein eng aneinander gedrängter Trupp Schafe – ähnlich denen Buñuels – trappelt schnell über die Bühne. Anderes Licht? Produzieren die Schafe seltsame Töne?

4 Jeder zeigt sich von seiner besten Seite

DER BANKER *zum Hoteldirektor, der mit den Getränken auftritt* Da sind Sie ja endlich. Ich hab schon angefangen, mich einsam zu fühlen. – Und vom Direktor persönlich serviert.

DER HOTELDIREKTOR Kein Kellner weit und breit. Ich will Sie ja nicht warten lassen.

DER BANKER *zu den andern, die im Raum verteilt stehen* Der Champagner ist da! The champagne waits for you.

DER HOTELDIREKTOR Ich habe den Beruf von der Pike auf gelernt. Küche. Empfang. Chef de Service. Die ganze Leiter nach oben.

DER BANKER Ich auch, ich auch. Das haben wir gemeinsam. Ich hab in meiner Bank als Lehrling angefangen. 470 Mark Lohn, ab dem zweiten Lehrjahr. Mein Vater war Magazinverwalter bei der BASF. Ich hab keinen goldenen Löffel im Mund gehabt, und heute hab ich mehr denn je Verständnis für die Sorgen und Anliegen der mittelständischen Betriebe. Gerade die Kleinen kriegen bei uns immer einen Kredit, wenns nur menschenmöglich ist. Die Gier war nie mein Geschäft. Das wissen Sie ja auch.

DER HOTELDIREKTOR Wir sind bei der Crédit Suisse.

DER BANKER Es gibt nichts Besseres. Außer uns. *Lacht.*

DER HOTELDIREKTOR *hat fertig eingeschenkt* Sehr zum Wohle. *Ab.*

DER BISCHOF *zum Professor* Herr Professor. Ich darf mich auf das beziehen, was Sie vorhin im Plenum so wirkungsmächtig ausgeführt haben. Kann die Wirtschaft böse sein?

DER PROFESSOR Sie kann auch nicht gut sein. Sie <u>ist</u>.

DER BISCHOF Das <u>Unde malum</u> treibt die Kirche bis heute um. Woher kommt das Böse. »Omne illud quod conuenit multis, conuenit eis per unam naturam. Set bonum conuenit multis, similiter et malum. Ergo per unam naturam communem bonum conuenit omnibus bonis, et malum omnibus malis.« Thomas von Aquin. De malo. Vom Übel. Über diese Sätze kann ich stundenlang nachdenken. Sollten Sie auch.

DER PROFESSOR Werd ich tun. – Sehr interessant. – Und was genau…?

DER BISCHOF »All das, was vielen zukommt« – wir sind im Jahr 1270! – »kommt ihnen durch eine gemeinsame Natur zu. Aber das Gute kommt vielen zu, ähnlich auch das Übel. Also kommt das Gute durch eine gemeinsame Natur allen Gütern zu und das Übel allen Übeln.«

DER PROFESSOR Aha.

DER BISCHOF Im 21. Jahrhundert sind dies immer noch die Fragen, die uns umtreiben.

DER PROFESSOR Es sind Fragen der Moral. Ihre Branche, wenn ich das mal so flapsig sagen darf. Ich bin Wissenschaftler. Ich ziehe meine Schlüsse aus harten Fakten. Sie entnehmen dem Markt so und so viel Liquidität, und der Markt reagiert auf diese oder jene Weise. Wo soll da Raum für Ihr Böses sein?

DER BISCHOF Jesus, heute, würde erneut gekreuzigt, wenn er die heiligen Tempel in der City ausmisten wollte.

DER PROFESSOR Nehmen wir Jesus. Als unternehmerisch Handelnden. Gutes Produkt, keine Frage. Hat er sehr kompetent unter die Leute gebracht. Vermarktet, würden wir heute sagen. Aber am Ende hat ihn Pontius Pilatus doch festgenagelt. The winner takes it all.

DER BANKER *ruft quer durch den Raum* Herr Bischof! Herr Professor! Lassen Sie mich nicht ganz allein!

DER UNTERNEHMER *zur NGO-Delegierten* Ich mag Ihre Art, wie Sie mir auf dem Panel konfrontativ begegnet sind. Hut ab, nein, echt.

DIE NGO-DELEGIERTE Ich will etwas in den Köpfen der Unternehmer bewirken. Und Sie sind ja nun einer der einflussreichsten.

DER UNTERNEHMER Ihre Prämissen sind falsch. All Ihre non-governmental-Organisationen gehen von falschen Daten aus. Und dann kommen Sie mit falschen Argumenten zu falschen Schlussfolgerungen.

DER BANKER *wie zuvor* Frau Doktor!

DIE NGO-DELEGIERTE Sofort. Wenn ich schon mal den Klassenfeind am Wickel habe…

DER UNTERNEHMER *quer über den Raum, zum Banker* Nicht eifersüchtig sein!

DIE NGO-DELEGIERTE *zum Unternehmer* Wann wurde der erste Bericht des Club of Rome veröffentlicht?
DER UNTERNEHMER Sagen Sie es mir.
DIE NGO-DELEGIERTE 1972. Seit vierzig Jahren liegen die Probleme offen auf dem Tisch. Und Sie sagen mir, Sie hätten keine gesicherten Daten.
DER BANKER *zur NGO-Delegierten. Meint den Unternehmer* Der ist genauso beratungsresistent wie Sie.
DIE NGO-DELEGIERTE Ist das bei Ihnen besser? *Setzt sich zur Gruppe. Zur Geliebten des Bankers.* Hallo. Ich bin die Petra.
DER BANKER *zum Unternehmer* Dieter. Setz dich auch.
DER UNTERNEHMER Was zu trinken. Immer.
DER MINISTER *weiterhin im Raum, zum Chinesen* Ich gehe davon aus, dass Sie mich verstehen, wenn ich zu Ihnen spreche, ohne Dolmetscher, ja?

Der Chinese lächelt unklar.

DER MINISTER Without a translator.

Der Chinese lächelt unklar.

DER MINISTER Es liegt mir daran, anzufügen, wegen Ihrem Votum gerade eben und meiner Replik, dass die deutsche Regierung in toto, die Kanzlerin und die Partei des Außenministers sowieso, aber auch die Sozialdemokraten, dass wir alle uneingeschränkt an prosperierenden Handelsbeziehungen mit der Volksrepublik China interessiert sind.

Der Chinese lächelt unklar.

DER BANKER Prost!
DIE NGO-DELEGIERTE, DER PROFESSOR, DER BISCHOF, DER UNTERNEHMER Prost!

Die Geliebte des Bankers trinkt einen Schluck, ohne ein Wort.

DER BANKER *zum Minister* Ekkehard! Aber wirklich! Mr. Lee.
DER MINISTER Innenpolitisch sind wir zuweilen gezwungen, die Frage der Menschenrechte anzusprechen. Sie sind ja zu Hause auch immer wieder in einem Erklärungsnotstand dem chinesischen Volk gegenüber. Im politischen Alltag steht in Berlin die Menschenrechtsfrage natürlich nicht ganz oben auf der Agenda. Andrerseits hat Deutschland seine eigene unselige Geschichte und muss in diesen Fragen besonders aufmerksam sein.

Der Chinese lächelt unklar.

DER MINISTER Es war mir wichtig, das klarzustellen. – Kommen Sie. Es gibt was zu trinken.

5 Zweite Irritation

Die Schafe in der Gegenrichtung. Töne etwas hörbarer.

6 One for the road

Heitere Runde. Beste Laune. Alle nun schon einigermaßen enthemmt. Ein zwei Flaschen mehr als zuvor in Betrieb.

DER UNTERNEHMER Ich wusste ja zuerst gar nicht, wohin mit den Gewinnen. Hatte zwei drei Steuervermeidungsmodelle, unbefriedigend, rechneten zwar mein Einkommen schwer herunter, aber du bleibst ja trotzdem auf einem Steuersatz von 42 % sitzen. Dazu kam meine Schweizer Bank, ob die den Deckel draufhalten kann. Du weißt ja nie, wann wer in welcher Bank den Steuerbehörden den nächsten Datensatz verkauft, und ob du dabei bist.
DER BANKER Wenn wir die kriegen, die hängen wir auf, mit dem Kopf nach unten.
DER UNTERNEHMER Jetzt kommts: Ich bin von einer Minute auf die andere aus Bielefeld nach, wie heißt das jetzt schon wieder, Feisisbach umgezogen, nein, Feusisbach, ist irgendwo ein Niggerkraal da unten in den Schweizer Voralpen. Steuerlich natürlich nur, nominell.

Ich versteuere ab sofort nach den Steuergesetzen von Feusisbach. Ist so was wie Timbuktu. Großartig. Ein Kamel pro Jahr für den Scheich. Und wisst ihr was? Ich bin schon zweimal in Timbuktu gewesen, Wüstensafari und kürzlich auch die Konferenz für transkontinentalen Energieaustausch, aber noch nie in Feusisbach. Nie, nicht einmal. Haben alles meine Anwälte geregelt. Hodel und Partner, in Zürich. Büro in Frankfurt. Prima Leute. Ich schick nur das Kamel, per Luftfracht. Immer zu jedem ersten Ersten des Jahres.

DER BANKER Tolle Gesetze dort, steinigen Frauen am Wochenende.

DER MINISTER In Feusisbach, echt?

DER BANKER Schön wärs. Nein. In Timbuktu.

DER PROFESSOR Stimmt das, dass Touristen mitsteinigen dürfen?

DER BISCHOF Sie brauchen einen Ablass, aber den kriegen Sie von mir problemlos.

DER CHINESE *chinesisch* Toll.

DIE NGO-DELEGIERTE Und so was finden Sie lustig? Frauen steinigen?!

DER BANKER Und da hatte ich also diese toxischen Papiere, Suprime ist nur der Vorname, normalerweise mischst du die unter die andern Spielkarten eines Fonds, einer hat am Schluss halt den Schwarzen Peter. Ja. Aber ich legte einen Fond aus ausschließlich wertlosen Papieren auf, das musst du dich schon erst mal getrauen, reines Gift, unverdünnt.

»World Winner Maximum Fond«, Name auf meinem Mist gewachsen. Hab ich breit streuen lassen, vor allem in Rentnerkreisen. Die in den Altersheimen sitzen auf zig Millionen inaktivem Geld. Zweiundfünfzig Seiten Hochglanz, alles tadellose Anlegerprosa, und natürlich auch ein warnender Abschnitt auf der viertletzten Seite, dass die dann später nicht klagen können. Am Emissionstag schon überzeichnet, voll bezahlt. Ist abgestürzt, als ich längst kein einziges Papier mehr im Depot hatte.

DER BISCHOF Ja, wenn ich was anfügen darf, ich verwalte ja nur die Kasse Gottes. Peanuts verglichen mit Ihnen, aber der Herr hat auch die Nüsse der Erde geschaffen. Ich trag die Spenden für den Herrn, die sich da läppern in den Opferstöcken in den Staatsanleihen in den Hedgefonds in den kurzfristigen Investments, die Gelder trage ich grundsätzlich cash hinüber ins Fürstentum Liechtenstein zu einer Bank meines Vertrauens. Wisst ihr was, ich geh einfach in meiner Soutane über die Grenze, zu Fuß, demütig, die Zöllner segnend, die Sünder sind von alters her. Ich trage das ganze Geld am Körper, in großen Noten, ich sehe wie der Michelin-Mann aus oder wie ein zukünftiger Papst. Keiner rührt mich an, keiner würde es wagen. Schwarz ist mein Gewand, schwarz ist mein Glaube, schwarz ist mein Geld.

DER UNTERNEHMER Wenn bei mir größere Beträge auflaufen, verschieb ich die...
DER BANKER *heftig lachend* Betrüge? Du sagst Betrüge?
DER UNTERNEHMER Beträge, sag ich, Beträge, ich verschieb die im Minutentakt rund um den Globus, ich kann sie im Westen hinterm Horizont verschwinden sehen, und dann schnipp ich drei Mal mit den Fingern, one, two, three, und da tauchen sie auch schon im Osten auf, ohne unterwegs die geringste Spur hinterlassen zu haben. So viele Firmen wie ich hat noch keiner gegründet, nicht mal Dschingis Khan, manche existieren für nur zwei Minuten und werden sofort wieder gelöscht, kaum ist der Geisterzug mit meinen Geld drin durch den Bahnhof gefahren, nach Osten zu mir zurück.
DER BANKER In achtzig Tagen um die Welt, das war mal. Achtzig Sekunden!
DER PROFESSOR *begeistert* Ich sag das immer, ich habe das auch in meinem neuen Buch ausgeführt: Warum sehen die Menschen das Positive des funktionierenden Markts nicht? Dass die Globalisierung ein Segen ist, kein Fluch? Richtig?? – Es springt doch ins Auge, dass es dank dem Fortschritt der westlichen Leistungstechnologie allen besser geht, just auch den Ärmsten der Dritten Welt. Richtig?? – Wir können die weltweiten Probleme nur in den Griff kriegen, wenn wir die heutigen

Trends beschleunigen, richtig??!, beschleunigen, ohne dass uns einfältige Moralisten ständig ausbremsen. – Ich meine nicht Sie, Herr Bischof.

DIE NGO-DELEGIERTE Aber mich, aber mich.

DER PROFESSOR Come on, junge Frau. Stoßen wir auf eine gute Zukunft an.

DIE NGO-DELEGIERTE *die vielleicht mehr als die andern getrunken hat* Wann haben Sie zum letzten Mal eine frische Milch getrunken, local production? Ich geh jeden Sommer für einen Monat auf die Alm. Käser-Alm, das ist hoch über Garmisch-Partenkirchen. Jeden Morgen geh ich in den Stall, fünf Uhr plus, melk mir ein Glas Milch aus der Kuh, und dann, während die Sonne aufgeht, trink ich sie. *Trinkt einen Schluck Champagner.* Das ist das Größte. *Trinkt.* Milch, kuhwarm, müssen Sie unbedingt mal tun. *Trinkt.*

DER PROFESSOR Ihre Kuhmilch in Ehren. Es ist rationaler <u>und</u> humaner, wenn der Eigennutz der Menschen die Regeln bestimmt. Das meine ich mit »Freiheit«, wenn ich mich auf mein letztes Buch beziehen darf. »Freiheit und Staat«. – Haben Sie wohl nicht zur Kenntnis genommen in Ihrem Kuhstall da oben.

DIE NGO-DELEGIERTE Doch. Hab ich. Zitat: Preise sind in einer Marktwirtschaft das Ergebnis von Knappheiten, nicht von Gerechtigkeitsüberlegungen. Zitat Ende. Prost!

DIE GELIEBTE DES BANKERS *zur NGO-Delegierten* Heute Morgen, da wachte ich auf, und die Sonne ging eben auf. Henner schlief noch, ja, ich ließ ihn schlafen und stellte mich ans Fenster und sah in dieses Licht. Das war ein herrlicher Moment, der schönste der ganzen Zeit hier in Davos.

DER MINISTER *merkt erst jetzt was* Ah, ihr zwei, ich wusste gar nicht, seit wann?

DIE NGO-DELEGIERTE *zur Geliebten des Bankers* Ist nicht mein Bier, aber ich ließe mir das von ihm nicht bieten.

DER CHINESE *zur Geliebten des Bankers, chinesisch* Die Liebe ist das höchste Gut auf Erden. Die Liebe!

DIE GELIEBTE DES BANKERS *zum Chinesen, fließend chinesisch* Ja, das ist schön, ich liebe ihn, und er liebt mich.

DER BANKER *zur Geliebten* Du kannst chinesisch?

DIE GELIEBTE DES BANKERS Aber sicher.

DER BANKER Was hat er gesagt?

DIE GELIEBTE DES BANKERS Dass die Liebe das höchste Gut auf Erden ist.

DER CHINESE *chinesisch, bestätigend* Ja. Die Liebe.

DER BANKER Aha.

DIE NGO-DELEGIERTE *zur Geliebten des Bankers* Mit diesen Sprachkenntnissen können Sie doch mühelos was Besseres finden als das hier.

DIE GELIEBTE DES BANKERS Wie, was Besseres?

DER BANKER Tja. *Wirft eine Tablette ein.* Ich muss jetzt. *Steht auf, sucht seine Sachen zusammen.*

DER UNTERNEHMER Ich auch. *Tablette, auf.* Ich will mich ja nicht in Davos ansiedeln.

DER BANKER Meine Agenda ist durchgetaktet. Kennst du ja. Bye everybody. *Ab.*

DER UNTERNEHMER Wenn ein Termin fällt, ist das wie beim Domino. Der Termin wirft den nächsten um, und der…

DIE NGO-DELEGIERTE Den nächsten.

DER UNTERNEHMER Right. *Ab.*

DIE GELIEBTE DES BANKERS Ich fahr mit dem Henner mit. Meine Mutter kocht. Wenn ich abends nicht da bin, ist die Hölle los. *Tablette, ab.*

DER MINISTER Ich <u>muss</u> nach Berlin. *Tablette.* Ich muss morgen im Bundestag den antizyklischen Puffer für das liquide Kapital abbügeln. Das ist noch lange nicht in trockenen Tüchern. Noch lange nicht. *Ab.*

DER BISCHOF Das Angelus…

DER CHINESE *chinesisch* Auf nach Bejing. *Tablette. Ab.*

DER BISCHOF …ist für mich Matthäi am Letzten. *Tablette.* Noch später kann ich nicht aufkreuzen. *Ab.*

DER PROFESSOR *Tablette, hinter dem Bischof drein* Um achtzehn Uhr c.t. habe ich meine Ringvorlesung. In der Aula. Achthundert Hörer. Das ganze Pelzmantel-München. – Bis zum Bahnhof komm ich auch zu Fuß. *Ab.*

7 Dritte Irritation

Die Schafe. Etwas mehr, etwas lauter.

8 Die Brieftaube

DER BANKER *kommt zurück* Hallo? Herr Müller, sind Sie hier? – Herr Direktor? – Ist hier jemand? *Sieht den Unternehmer, der zurückkommt.* Dieter. Da bist du ja.
DER UNTERNEHMER Ja… ja…
DER BANKER Der Müller, vom Erdboden verschluckt. Der Rolls steht im Schnee wie ein Sarg.
DER UNTERNEHMER Ich wollte ohne Fahrer. Fand auch den Audi. Aber der Autoschlüssel schaltet die Notblinkleuchten ein statt die Tür zu öffnen.
DER BANKER Alle Warnlichter auf dem Parkplatz blinken. Alle.
DIE NGO-DELEGIERTE *kommt zurück* Wir sind doch zusammen gegangen. Draußen, vorm Hotel, war ich völlig allein. Niemand von Ihnen.
DER BISCHOF *kommt zurück* Heiliger Christopherus, hilf mir auf meinen Wegen. Gottfern, dieser Himmel, diese Windschlieren.
DIE GELIEBTE DES BANKERS *kommt zurück, zum Banker* Wo bleibst du denn? Ohne dich geh ich nicht da hinaus.

DER PROFESSOR *kommt zusammen mit dem Chinesen* He, sachte, ich bin vor Ihnen…
DER CHINESE *gleiches Spiel, chinesisch* Langsam, Sie Rüpel.
DER PROFESSOR Da sind doch immer Wegweiser zum Bahnhof. Weg. Kein Hinweis nirgendwo. Alle Wege sehen genau gleich aus.
DER MINISTER *kommt zurück* Man weiß nicht, ob man auf dem Kopf geht oder auf den Füßen. Ein Schritt in den Schnee, und du stürzt in den Abgrund oder wirst in den Himmel weggesaugt.
DER UNTERNEHMER *aggressiv, zum Minister* Sie sind doch Minister…
DER MINISTER Finanzen, nur Finanzen. Da ist der Spielraum eng…
DER UNTERNEHMER … Sie können doch auf diesen Sauladen hier Druck ausüben.
DER MINISTER Wir sind hier nicht zu Hause. Das ist nicht meine Zuständigkeit.
DER UNTERNEHMER Nicht zu Hause, nicht zu Hause. Die Bundeswehr macht doch dauernd Auslandseinsätze. Mit Ihren Kampfhubschraubern werden Sie wohl noch bis zu einem Wintersportort vordringen können. Oder überfordert das Ihre Army schon?

Stille.

DER BANKER Wir müssen einen Boten ausschicken.

DER MINISTER Einen, der sich bis Berlin durchschlägt.
DER BISCHOF Passau genügt.
DER UNTERNEHMER Gut. Einen Boten. Aber wen?
DER BANKER Irgendein Bergführer wird ja noch zu finden sein. Ein Skilehrer. *Sieht den Hoteldirektor.* Ahh, da sind Sie ja endlich.
DER HOTELDIREKTOR Ich weiß, die Umstände sind etwas ungewöhnlich, aber wenn ich Ihnen irgendwie behilflich sein kann?
DER BANKER Eine Brieftaube. Mein Großvater noch, der setzte bei Schneestürmen immer seine Brieftauben ein. *Zum Hoteldirektor.* Haben Sie eine Brieftaube?
DER HOTELDIREKTOR Hab ich. *Holt eine Brieftaube aus der Jackentasche.*
ALLE Ohh.
DIE GELIEBTE DES BANKERS Wie süß.
DER BANKER Geben Sie her.
DER UNTERNEHMER Nein. Mir. Ich bin aus dem Ruhrgebiet, da kennt sich jeder mit Brieftauben aus.

Sie balgen sich.

DER BANKER *hat die Taube* Wir müssen die Welt informieren, dass wir hier festsitzen. Achthundertzwölf Milliarden blockiertes Kapital, das im Markt fehlt. Da zählt jede Minute.
DER UNTERNEHMER Und wo schicken wir die Botschaft hin?

DER BANKER Frankfurt natürlich. An meinen Hauptsitz. Da sitzen kompetente Leute von mir, werten die Taube in null Komma no time aus.

DER MINISTER Berlin wäre besser.

DER BISCHOF Passau. Ist am nächsten.

DER UNTERNEHMER Berlin ist o.k. Wenn ein deutscher Unternehmer in der Scheiße steckt, muss Berlin ihn rauspauken.

DER CHINESE *chinesisch* Bejing.

DIE NGO-DELEGIERTE Und wie weiß die Taube, wo sie hin muss?

DER BANKER Ich programmiere sie. Herrgottnochmal. *Zur Taube.* Bockenheimer Anlage. Hauptsitz. Confirm the message. *Die Taube hat eine Reaktion oder auch nicht.* Sehen Sie. *Zum Hoteldirektor.* Wir brauchen so eine Kapsel, mein Großvater hatte so Metalldinger, für die Meldung, für um den Hals.

DER HOTELDIREKTOR Wenn ich mir die Bemerkung erlauben darf. Die Taube kennt nur den Rückweg. Nicht den Hinweg. Sie fliegt von überallher nach Davos zurück. Hierhin. Nicht umgekehrt.

DER BANKER Papperlapapp. Die macht das jetzt. *Zur Taube.* Du haust uns jetzt hier raus. *Reißt das Fenster auf. Ein Sturmwind fegt über die Bühne. Wirbelnder Schnee. Windgeheule. Die Taube ist weg.*

ALLE Ohh.

DER BANKER *brüllt* Fenster zu! *Alle drücken gemeinsam das Fenster zu. Wieder Ruhe.* Wo ist die Taube?
DER UNTERNEHMER Du hast sie losgelassen.
DER BISCHOF Noah, das ist wie bei Noah. Die Taube ist unsere letzte Chance.
DER UNTERNEHMER Die schafft das nie.
DER PROFESSOR Da draußen sind dreißig Grad minus.
DIE NGO-DELEGIERTE Mord ist das. Taubenmord.
DER MINISTER Wie die Reichswehr vor Verdun.
DER BISCHOF Wieso das?
DER MINISTER Die hatten auch Brieftauben.
DER BISCHOF Ah ja?
DER MINISTER Sie fraßen sie auf statt sie nach Berlin zu schicken.
DER BANKER *zum Hoteldirektor* Ist sie zuverlässig, Ihre Taube?
DER HOTELDIREKTOR Sehr.
DER BANKER Warten wir auf die Taube.

9 Die vierte Irritation

Die Schafe. Mehr.

10 Der Banker dreht durch

DER BANKER Ihr kommt nicht draus. Ich kann sagen, was ich will. Sie kommen nicht draus. – *Zur NGO-Delegierten.* Sie schon gar nicht. – Als ob ich in der Wüste predigte. So eine Bank ist eine Maschine, die muss man ölen, ich öle und öle, und? Da sind die Herren und Damen im Traderoom im Backoffice im Callcenter im Last-Minute-Department und halten Maulaffen feil, zum Beispiel, nur zum Beispiel, ahnungslos sind die, ich hab klar und deutlich kommuniziert, der Titel der Woche ist Goldman Sachs, ganz klar Goldman Sachs. Wären Sie diesem Tipp gefolgt, sind Sie aber nicht, hätten Sie richtig Kasse gemacht. Plus acht Prozent, ist das nichts? – Dabei gibt es immer noch die Möglichkeit, auf www punkt cash minus in minus no minus time de daraus die Option der Woche zu machen. Verkaufen Sie mittels eines gedeckten Calls auf Februar 2013. Merken Sie sich das Datum. Februar! 2013! Ich spreche von Ihren Commerzbank-Aktien. Diesen verdammten verschissenen ekelerregenden Commerzbank-Aktien, die Ihnen am Bein kleben wie eine Zecke am Jogger wie der Tiger im Genick der Gazelle. Verkaufen Sie die Dinger mit Ausübungspreis von vierundvierzig Euro und eine zusätzliche Rendite von neun Prozent winkt. – Dazu auch die Charts der Woche. Meine Empfehlung hat voll eingeschlagen. Ja, Sie müssen schon ins Netz gehen! Einfach von so allein kommen die Gewinne nicht zu Ihnen. Sag ich meinen Leuten im Traderoom immer wieder. Ökonomie ist kein Spielkasino. Das heißt, natürlich, gewiss, aber der Unterschied ist, da ist kein Croupier, der Ihnen die Chips hinschiebt oder wegschaufelt wie ein gütiger Papa. Sie müssen Ihre Pratzen schon selber auf das Geld legen. Rechtzeitig, blitzschnell, kaltblütig. Tote, da gibt es natürlich Tote. Ist echtes Leben, nicht Baden-Baden oder Monte Carlo. – Der Leitzins tanzt nicht nach Ihrer Pfeife. Kundendaten stehlen, das kann der Blödeste. Ich fasse zusammen. Deutsche Bank oder war das CS Real Estate PropertyPlus? Jacke wie Hose. Kacke wie Hode, wie wir immer sagen. Nun gilt es den letzten Schwung mitzunehmen, bevor sich die Aktien auf neunundzwanzig Euro konsolidieren. Dann gucken Sie natürlich in die Röhre. In den Mond. Der Markt regelt alles allein. Das Platzen der Blase beweist es. Der Markt! regelt! alles! allein! Ist das denn so schwer zu begreifen, dass die Systemrelevanz das Ass im Spiel ist, im Ärmel? Sticht alles. Du bist systemrelevant und wirst noch am Weltuntergang verdienen. Aber sag das mal den Linken, den Grünen, denen im Bundestag. To small to fail, diese Steinzeitkommunisten, diese Tanten ohne Brüste. Der Aufschwung seit dem letzten

Mittwoch ging zu schnell, einfach zu schnell. Ich weiß nicht, wer da noch am Kurs gedreht hat, die Chinesen, die Inder. Die Marktstärke ist einfach nicht groß genug, um höher als vierundzwanzig Euro zu gehen. Und das bei einem Kursboden von achtunddreißigfuffzig.

DIE NGO-DELEGIERTE Ich ruf jetzt einen Arzt. *Am Handy.* Hallo?

DER BANKER Man könnte den Überblick verlieren. Durchdrehen könnte man.

DIE NGO-DELEGIERTE *am Handy* Das ist ein Notfall. Die Notfallnummern funktionieren doch immer?!

DER BANKER Sogar einer wie ich muss sich festhalten an den Baumstämmen, um den Wald nicht sehen zu müssen. Diesen schwarzen Wald, wo die Monster wohnen. Die Wölfe. Die Ghule. Wer hat noch den Überblick?

DIE NGO-DELEGIERTE Leitung immer noch tot.

DER BANKER Schnell müsst ihr sein. Ich war immer schneller als die andern. Der Dow Jones, der Nasdacq, der Dax, der SMI, die DJ Stoxx 50, die kotierten Anlagefonds, die Schwellenmärkte. Wow! Die schwellen und schwellen, die Märkte! Wie Lebern, die einen Liter Johnny Walker pro Arbeitstag kriegen. Und ein Trader arbeitet Tag und Nacht. Zwölf europäische Börsenstunden, zwölf überseeische. Da rasseln die Boni. Da trinkt er keinen Jonny mehr, sondern sechzehnjährigen Guhannwucolore. Ich komme zum Schluss. Das Produkt der Woche ist ganz klar Easy ETT S Boy BNP Paribas Global Agriculture Klammer auf ISIB FB0010616311 Klammer zu. Hat in den letzten Wochen satte sechsundsechzig Komma sechs Prozent zugelegt. Eine Höllenperformance. *Der Bischof bekreuzigt sich.* Die bringt auch zukünftig Ihr Konto zum Brummen. Dieser Ball ist immer noch heiß. Bedenkt man, dass die Weltbevölkerung bis ins Jahr 2050 um dreißig Prozent ansteigen wird, trotz all den Verreckten, Erschlagenen, Verhungerten da überall hinterm Horizont, da ist die Rechnung schnell gemacht. Außer *Zum Chinesen.* Ihr Chinesen macht uns einen Strich durch sie. – Ihr kommt nicht draus. Keiner kommt draus. Hab ich mich deutlich genug ausgedrückt?

11 Alle andern drehen auch durch

Alle vereinzelt auf der Bühne. Die Texte ineinander verschränkt, auch simultan, bis hin zu einer erregten Kakophonie.

DIE GELIEBTE DES BANKERS Lieben heißt warten. Bereit sein für alles, sagst du doch immer, Henner. Ist dein Lebensmotto. Ist auch meins geworden. Ich bin bereit, und wie ich bereit bin!, immer am Donnerstag, ist unser Tag. Ich freu mich auf jeden Donnerstag, echt. Freitag,

Samstag, Sonntag. Montag dann, Dienstag schon. Mittwoch. Wenn ich am Donnerstagmorgen aufstehe, bin ich richtig aufgeregt. Die Arbeit, ich bin um fünf schon zu Hause. Ich bade, ich creme mich ein, ich schminke mich, ich leg Puder auf, ich mach mir die Haare. Ich spraye mich, hier, hier und hier. Ich dufte, Tausendundeine Nacht sind ein Kuhstall dagegen. Ich habe siebenmal die Kleider gewechselt vor dem Spiegel und bin doch nicht sicher, ob diese Bluse die richtige ist oder die andere. Ich stelle die Drinks bereit. Tu die Kerzen auf den Tisch. Ich koche. Ich koche leidenschaftlich, ich seh mir immer alle Kochshows an, Kerner und Sarah Wiener und all die. Die Musik läuft, das ist alles die Vorfreude, die Freude auf dich. Tristanouvertüre, weil, die magst du, aber auch die Rolling Stones bringen dich ganz schön in Fahrt. I can get no satisfaction. Kurz, was ich meine, ich sitze da, gestiefelt und geschminkt, es ist halb acht langsam, und dann rufst du an und sagst, Maus, sorry, es ist mir etwas dazwischengekommen, machen wirs am nächsten Donnerstag, Ende. *Zum Bischof.* Sie können sich vorstellen, wie das ist. *Der Bischof hebt abwehrend die Hände.* Manchmal ists deine Sekretärin, die sagt auch Maus zu mir, wie kommt die dazu, die Kuh. – Ich koche vor Wut, weil ich für nichts und wieder nichts gekocht habe. Vorspeise, Hauptspeise, Nachspeise. Ja, so isst der Herr zu Hause nie. Da hat er eine Köchin, keine Frau, die ihn liebt. – Das letzte Mal, als du schon wieder abgesagt hast im allerletzten Augenblick, habe ich alle meine Salben und Töpfe und Flaschen und Tuben mit <u>einem</u> Armschwung vom Badezimmerregal runtergehauen. Wumm. Nivea, l'Oréal, Chanel numéro cinq. Sah aus wie nach einem Atomschlag. Das ganze Haus stank wie ein Puff. Ich trank den Apéro, meinen und deinen, weil ich es mir wert war, den Rotwein grad dazu, weil der ja auch schon offen und dekantiert und all der Scheiß war. – Ich bin wirklich nicht die Hässlichste. *Zum Bischof.* Finden Sie mich hässlich? – Eben. Ich könnte mir jeden andern pflücken, jeden zweiten zum mindesten, aber nein, ich bin treu wie eine Rose, die auf die erste Biene des Frühlings wartet. Da kann ich doch erwarten, dass der Herr auch mal zeigt, was Liebe ist. Dass <u>du</u> mal wartest, auf mich! *Zum Unternehmer.* Meinen Sie, dass der ein einziges Mal auf mich gewartet hätte? Nie, nicht mal im Bett. Er kommt, wann er will, wann <u>er</u> will. – Manchmal denke ich, du willst einfach nur ficken, und dann raus und nach Hause. Echt, manchmal sprichst du wie ein Pitbull mit mir. Du bellst. Und wenn ich auch mal was sage, hörst du es nicht. Du bist völlig immun gegen hohe Stimm-Frequenzen, so wie Frauen sie gebrauchen. Hast einen Filter im Ohr, in dem alles Unwichtige hängen bleibt. Zum Beispiel alles, was ich sage. Ich kann schreien, ich liebe dich, ich hasse dich, ich bring dich um. Mich. Egal, du hörsts nicht. Sagst, Maus, ich muss jetzt, hab einen Termin mit dem Ackermann oder Beckermann oder Zimmermann oder so einem. Dann liege ich auf der Couch und weine. Aber keiner da, mich zu trösten. Du schon gar nicht.

DER UNTERNEHMER Du baust ein Unternehmen auf. Achtundsechzigtausend Mitarbeiter. Motivierst sie, begeisterst sie. Bist ein Vorbild. Übertarifliche Löhne, maßvolle Entlassungen. Mit satten Abfindungen zuweilen gar. Ein großzügiger Umgang mit dem Humankapital, Hand in Hand mit dem Betriebsrat. Prima Arbeitsklima eigentlich. – Und plötzlich aus heiterem Himmel schleifen sie dich auf den Fabrikhof und binden dich an vier Pferde, an jedes Bein, an jeden Arm eines, und einer aus der Nachtschicht oder vielleicht sogar deine eigene Vorzimmerdame peitscht die Pferde mit aller Kraft, und die sprengen in Panik davon, dahin, dorthin, dorthin, dahin, und du spürst stundenlang, wie du geviertelt wirst. *Zum Banker.* Du hast keine Ahnung, wie schwer es ist, einen Menschen in Stücke zu reißen. Wie weh das tut. – Das wird dir auch passieren. An den Füßen werden sie dich aufhängen, vor dem Bahnhof, Kopf nach unten, dich und deine Mieze.

Zwei Klumpen aus Blut. Die Masse verzeiht nie. Die Vielen rächen sich an den Wenigen. Wart nur.

DER PROFESSOR Die Jungen. Die Jungen an der Uni. Sie wollen mir an den Kragen. Die publizieren im Wochenrhythmus, diese jungen Spunde. So eine Universitätskarriere wird inzwischen im Sprint gemacht. Eigernordwand in dreieinhalb Stunden, wo unsereiner Jahre brauchte, um den Spitzenlehrstuhl zu besetzen. – Ich bin nah am Nobelpreis, ich krieg hunderttausend für ein Gutachten, aber die stampfen mich in Grund und Boden. Nagelschuhe ins Gesicht, Tritte in den Magen. Noch ein zwei Jahre, und ich bin erledigt. Die nehmen längst zweihunderttausend. Wer will ein Gutachten von einem, der am Boden liegt. Niemand.

DER MINISTER Ich kann doch nichts anderes. Ich kann einfach nichts anderes. Ich kann nur Politiker. Ich hab nie etwas gelernt. Nur Politik. Nur Treten und Getretenwerden und die andern Niedermachen und Niedergemachtwerden. Du kannst ja so viele Fehler machen! Einmal die falsche Koalition, und du bist auf Listenplatz 212 in der nächsten Wahl und draußen. Ja was mach ich, wenn ich nicht gewählt werde? Ich kann nichts. Ich kann nur Politiker.

DER CHINESE *chinesisch* Viertausend Jahre lang war China so wie es war. In der Ming-Dynastie. In der Mang-Dynastie. In der Mung. In der Mong. Tag für Tag dasselbe China. Die Sonne ging auf, die Sonne ging unter. Bis heute, wo jeder Tag anders ist, schneller, lauter als der vorige. Jeder neue Tag übertrifft den alten. Noch zehn Jahre, und China ist rundum neu. Ein Traum. Ein Albtraum.

DIE NGO-DELEGIERTE Jeden Tag bin ich mit den Massen. Ich gehe in der ersten Reihe, das ist mein Platz, ich trage das Transparent, ich halte das Megaphon, ich skandiere den Slogan des Tages. Nein. Nein. Nein. Ich steige auf Kühltürme. Ich kette mich an Gleisen an. Ich werfe mich den Wasserwerfern entgegen. – Aber ich habe Angst. Von der Menge zertrampelt zu werden, auf einer Flucht vor den Ordnungstruppen, die erst in die Luft schießen und dann gezielt. Dass der Panzer <u>nicht</u> bremst, wenn ich mich ihm entgegenstelle mit entblößter Brust. Dass ich seine riesengroßen Ketten über mir sehe, und dann reißt es mich unter sie. Dass der Castor-Zug näher und näher kommt, und ich zerre an den Metallfesseln, aber die lassen sich nicht mehr öffnen, so schnell nicht mehr, und der Lokführer pfeift nicht einmal, wenn er mich überrollt. Dass meine Mitdemonstranten alle in <u>die</u> Richtung rennen, nur ich in jene, direkt ins Unheil. Gefängnis, Folter, Tod. Dass ich in einem Verlies bin, dass ich vermodere. Ungeziefer überall. Ratten, die meine Zehen fressen. Ich habe

Angst, jeden Tag, wenn ich mich einreihe in die Massen des Protests, der schön ist und schrecklich.

DER BISCHOF Ich habe das Bistum in den Konkurs geführt. 18 Prozent Rendite, das hat mir die Stimme des Bösen eingeflüstert, 25, wenn der Laden brummt. Und was ist jetzt? 96 Prozent Verlust. Ab dem ersten Dritten kann ich nicht einmal mehr das Öl für das ewige Licht bezahlen. Wenn das der Heilige Vater spitzkriegt, dass seine ewigen Lichter aus sind! Dass seine Bistümer von Passau bis Chur bis Honolulu hohle Ruinen sind, von einer winzigdünnen Blattgoldschicht gerade noch zusammen gehalten. Dass sein Thron auf den in den Keller gestürzten Aktien und vergifteten Fonds und faulen Krediten ruht. Dass ein Atemstoß des Teufels genügt, die ganze Herrlichkeit zum Einstürzen zu bringen. Ein Getöse, Staub und Asche, und das heisere Husten des Nachfolgers Christi aus den Staubwolken heraus. *Zum Banker.* Sie sind schuld daran. Sie sind das Böse.

12 Die Ohrfeigen (Die Große Erleichterung)

DER BISCHOF *gibt dem Banker eine Ohrfeige.*
DER BANKER *reagiert langsam. Wird er zurückschlagen? Es sieht so aus, aber er gibt dem Unternehmer eine Ohrfeige.*

DER UNTERNEHMER *gleiches Spiel. Ohrfeigt endlich die NGO-Delegierte.*
DIE NGO-DELEGIERTE *gleiches Spiel. Ohrfeigt den Professor.*
DER PROFESSOR *ohrfeigt den Chinesen.*
DER CHINESE *scheint die Geliebte des Bankers ohrfeigen zu wollen. Aber, chinesisch* Nein. Sie nicht. *Ohrfeigt stattdessen den Minister.*
DER MINISTER *ohrfeigt den Bischof.*
DIE GELIEBTE DES BANKERS Und ich? *Ohrfeigt sich selbst.*

Stille. Dann, schnell: jeder ohrfeigt jeden, aber nie den, der gerade geschlagen hat. Stumm. Bis alle dran gekommen sind. Nur die Geliebte des Bankers schlägt den Chinesen nicht.

DIE GELIEBTE DES BANKERS Nein. Sie nicht.

Am Ende:

ALLE *aufs Äußerste erleichtert* Ahhhh.

13 Die fünfte Irritation

Die Schafe. Diesmal schon ziemlich wirr, aggressiv.

14 Hunger

Die Fruchtschale, die die ganze Zeit schon auf der Bühne stand, ist leer. Auch die Blumenvase, einer ist gerade dabei, die letzte Blume zu fressen. Einer kratzt an der Wand, leckt. Einer öffnet alle Schubladen. Jemand kommt aus dem Hotelzimmer, mit einem Müllsack. Alle untersuchen den Inhalt, hektisch. Vielleicht ist das Eine oder Andere essbar, und sie essen es. Einer rüttelt am Fenster, kriegt es aber nicht auf. Einer hebt den Teppich hoch, findet möglicherweise eine Assel, steckt sie in den Mund. Alle jedenfalls sind ziemlich aus dem Leim.

DER UNTERNEHMER Ich habe Hunger.
DER BANKER <u>Ich</u> habe Hunger.
DER MINISTER Ich wusste gar nicht, dass man so Hunger haben kann.
DIE GELIEBTE DES BANKERS *zum Banker* Henner. Tu doch was. Ich sterbe vor Hunger.
DER CHINESE *chinesisch* Hunger.
DER BISCHOF *zum Chinesen* Meinen Sie, Sie sind der Einzige hier, der *chinesisch* Hunger hat?
DER BANKER *zum Hoteldirektor, der auftritt* Ich weiß nicht genau, was für ein Tag heute ist. Aber am Mittwochabend hätte Galadinner sein sollen, am Donnerstag Barbecue. Was ist das eigentlich für ein Sauladen?
DER HOTELDIREKTOR Ich…
DER BANKER Jetzt sitzen wir seit einer Ewigkeit hier fest. Sie sehen, wie weit es schon gekommen ist.

DER HOTELDIREKTOR Ich, ich, ich…
DER BANKER Stammeln Sie nicht.
DER HOTELDIREKTOR Ich muss Ihnen…
DER BANKER Machen Sie uns endlich ein Steak.
DER HOTELDIREKTOR …etwas sagen. Die Küche ist leer.
DER BANKER Medium.
DER HOTELDIREKTOR Nichts mehr da. Aus.
DER BANKER Mit Brot. Brot werden Sie ja haben.
DER HOTELDIREKTOR Nein.
DER BANKER Na dann gehen Sie raus und kaufen was.
DER HOTELDIREKTOR Ich kann nicht raus.
DER BANKER Meinen Sie, ich gehe einkaufen?
DER HOTELDIREKTOR Das ganze Personal ist weg. Seit dem Ende des WEF. Sogar der Portier.
DER BANKER Ja dann müssen halt Sie mal ran.
DER CHINESE *chinesisch* Jetzt hören Sie mal zu, Sie Idiot. Sie Niete. Hunger hab ich. Hunger. Hunger.
DER HOTELDIREKTOR Was sagt er?
DIE GELIEBTE DES BANKERS Hunger.
DER UNTERNEHMER Dass er auch Hund isst. Oder Katze.
DER PROFESSOR Oder Affe.
DER MINISTER Besorgen Sie uns einen Hund.
DER BANKER Eine Katze.
DER BISCHOF Einen Affen.
DIE NGO-DELEGIERTE Aber subito.
DER HOTELDIREKTOR *schreit* Ich kann nicht raus.

Sie können nicht raus. Wie oft muss ich das noch sagen?!

DER BANKER *schreit* Das ist ein Hotel! Das ist doch kein Gefängnis!

DIE GELIEBTE DES BANKERS Ich muss da raus. *Rüttelt am Fenster. Es lässt sich nicht öffnen.*

DER BANKER Die Minibars. In den Zimmern sind doch Minibars.

DER HOTELDIREKTOR Wir sind ein Fünfsternehaus. Keine Minibars. Zimmerservice.

DER UNTERNEHMER Ihre Obstschalen.

DER HOTELDIREKTOR Da hätten Sie in die Alpenrose gehen müssen. Die haben Minibars.

DER UNTERNEHMER In den Zimmern sind doch immer Obstschalen.

DER HOTELDIREKTOR Nicht mal eine faule Birne. Vielleicht haben die Angestellten das Obst mitlaufen lassen auf ihrer Flucht.

DER BISCHOF Ein Sandwich. Ein angebissenes wenigstens.

DIE NGO-DELEGIERTE Ein Kaugummi.

DER PROFESSOR Gebraucht, egal.

DER CHINESE *chinesisch* Eine Zigarre.

DER MINISTER Erdnüsse.

DER HOTELDIREKTOR *hebt bedauernd die Hände*.

DER BANKER *nimmt den Hoteldirektor beiseite. Die Geliebte soll ihn nicht hören* Wir müssen einen von uns opfern.

DER HOTELDIREKTOR Bitte?

DER BANKER *schreit* Haben Sie Dreck in den Ohren? Wir müssen einen von uns schlachten.

DER HOTELDIREKTOR Ich glaube, ich verstehe nicht…
DER BANKER Damit die andern überleben.
DER HOTELDIREKTOR Schlachten?
DER BANKER Ausbeinen. Frittieren. Braten. Essen. Mein Gott, ist das so schwer zu verstehen? Ein Koch wird ja noch in der Küche sein.
DER HOTELDIREKTOR Nein.
DER BANKER Messer werden ja noch da sein.
DER HOTELDIREKTOR Vermutlich.
DER BANKER Dann gehen Sie eben runter und holen eins. Der größte. Los. Bewegung. *Der Hoteldirektor rührt sich nicht. Zur Geliebten, nimmt sie beiseite.* Maus. Ich hab mir grad was überlegt. Wenn wir beide auf einer einsamen Insel wären, ganz allein, nur du und ich, und ein Feuer, und wir hätten nichts mehr zu essen, rein gar nichts: Würdest du dich dann opfern, für mich, dass ich überlebe?
DIE GELIEBTE DES BANKERS Nein.
DER BANKER *brüllt* Nein?! Natürlich würdest du. Da kommst du nicht mehr raus. Das ist der klassische Darwin. Survival of the fittest. Du oder ich, klar, wer der Fitteste ist.

Der Koch tritt auf, mit einem sehr großen Messer.

DER BANKER Was wollen Sie?
DER KOCH Ich bin der Koch.
DER HOTELDIREKTOR Da sind Sie ja wieder!
DER KOCH Ich warte seit Jahren auf diesen Augenblick.

DER BANKER Genau. Da ist das Stück. Bereiten Sie es geeignet zu.

DIE GELIEBTE DES BANKERS *zu den andern* Hilfe. Der Henner will mich schlachten.

DER UNTERNEHMER *zum Koch* Für mich medium.

DIE GELIEBTE DES BANKERS Medium?! Ich soll umgebracht werden, und Sie sagen medium?

DER BANKER Tu nicht so hysterisch.

DIE NGO-DELEGIERTE Sind Sie wahnsinnig geworden? *Zum Koch.* Wir sind doch keine Kannibalen.

DER BISCHOF Der Herr steh uns bei.

DER CHINESE *chinesisch* Um was geht es hier eigentlich?

DER PROFESSOR Gewisse minimale ethische Leitplanken sollten doch…

DER MINISTER Ruhe, bewahren Sie Ruhe, es findet sich sicher ein Kompromiss.

DIE GELIEBTE DES BANKERS Ein Kompromiss?! Dass Sie mich nur zur Hälfte fressen??!

DER BANKER *zum Koch* Worauf warten Sie?

DER KOCH Seit ewig bin ich nicht mehr aus meiner Küche hinaus da drunten im Soussol. Kein Fenster nach draußen, ein Kunstlichtbunker. Jetzt, zum ersten Mal seh ich wieder Tageslicht, falls das da Tageslicht ist. Ich weiß auch so, was draußen los ist. Zuerst wars nur da, dort, nicht sehr laut. Aber heute. Ein Tumult. Hören Sie nicht? – Nein. Sie hören nichts. Ungeheuer. Es ist ungeheuer, das Ende. Alles voll Propheten da draußen. Heulen jedem die Zukunft in die Ohren, und die heißt Tod. Woher kommen so jäh so schnell so viele Menschen? Hunderttausende, aus dem Nichts aufgetaucht. Hier oben sogar, im Schnee, alles voller Menschen, die rasen und toben. – Selbstmordattentäter jeder zweite. Die Selbstmordattentäter sterben im Sekundentakt durch andere Selbstmordattentäter und nehmen bei jeder Explosion einen Unschuldigen mit in den Tod. – Manchmal denke ich, ich bin der Kern von all den Explosionen, von meinem Kopf hier geht alles aus. Der ganze Hass der Welt ist hier drin. Er zersprengt mich schier. – Aber es ist umgekehrt. Es kommt von fern näher. Überall explodiert alles. Ladengeschäfte Headquarters Besitzervillen Intercityzüge. Beine Arme Köpfe fliegen durch die Luft. Blut. Blut. – Überall waren seit wer weiß wann Sprengsätze, montiert vor Jahren schon von hellwachen Schläfern, die kindjung durch die Straßen geschlichen waren und jetzt im hohen Alter endlich erleben dürfen, wie sie hochgehen im Bankenviertel in der City an der Wallstreet. Ihre Gottesgaben.

DER BISCHOF Elabi ex oculis nostris, diabole!

DER KOCH Keiner kennt das System der Zündschnüre ganz, die dennoch ein lückenloses Netz rund um die Welt bilden. Noch das hinterste Tal in Kolumbien oder in Oberbayern ist verkabelt und geht bei Bedarf oder durch

Zufall in die Luft. Es gibt keine zentrale Steuerung, auch die, die den Gang der Welt zu steuern glauben, werden durch den Wind der Detonationen hierhin und dorthin gefegt. Wer jetzt am gewissesten dachte, er habe die Welt im Griff, hat sie am wenigsten. Keine Griffe mehr, welche Welt denn? – Sie und mich zerfetzt es nun genau so, obwohl kein Koch, der halbwegs bei Trost ist, jetzt aus seiner Küche gehen dürfte. Aber Sie sehen es ja, wir sind trotzdem ins Freie. Alle Köche, weltweit. – Ich weiß es, ich sehe es. Ich muss nur die Augen schließen. Männer in Kaschmirmänteln und Frauen im Pelz huschen von Deckung zu Deckung. Die Polizisten wissen nicht mehr wohin, zwischen Tätern und Opfern gibt es keine Unterschiede mehr. Sie metzeln sich selber, und keiner gebietet ihnen Einhalt. Es gibt kein Erbarmen, keine Gnade, kein Lächeln da draußen, woher denn, es ist alles zu Ende und es fängt nichts neu an wie bei früheren Katastrophen, dem Untergang Roms, der französischen Revolution, der russischen. Als dann irgendwo doch wieder ein Kind aus den Ruinen juchzte. Kein König mehr wie früher, der ein neues Imperium begründen könnte. Die Könige von heute liegen tot unter ihren toten Lohnabhängigen, unter totem Geld, Aktienbergen, faulen Krediten. Es stinkt da draußen nach der Fäulnis der letzten Jahrzehnte. Ein Atemzug, du tau-

melst, drei Atemzüge, du bist am Gestank erstickt. Es ist das Ende. Diesmal sind auch die Kinder tot. *Er wirft Erdnüsse hin, eine ganze Menge. Ab. Der Hoteldirektor hinter im drein.*
DIE GELIEBTE DES BANKERS Erdnüsse!

Alle stürzen sich drauf. Raffen sie viele wie möglich an sich. Essen hektisch.

DER BANKER Peanuts.

15 Die Ruhe vor dem Sturm

Alle haben sich einen Haufen Erdnüsse erobert. Sie sitzen, vereinzelt, knacken die Nüsse, essen gierig. Stumm. Endlich, als kein Nüsschen mehr da ist:

DER BANKER Was hätte aus mir werden können, wenn ich nicht geworden wäre, was ich geworden bin.
DER UNTERNEHMER Ein Banker.
DER BANKER Was hätte aus dir werden können…
DER UNTERNEHMER …wenn ich nicht geworden wäre, was ich geworden bin.
DER BANKER Ein Unternehmer.
DER UNTERNEHMER Du meinst, es ist Pech, dass du…
DER BANKER So was, ja.
DER UNTERNEHMER Und dass ich…?

DER BANKER Abgrundtiefes Pech, ja.
DER UNTERNEHMER Du meinst, andere Menschen sind…?
DER BANKER Ja.
DER UNTERNEHMER Irgendwie…?
DER BANKER Anders.
DER UNTERNEHMER Glücklicher?
DER BANKER Definitiv.
DER UNTERNEHMER Schwer zu sagen, woran es liegt.
DER BANKER Vorher, mit den Peanuts, hättest du mir ein paar abgegeben, wenn ich dich gefragt hätte?
DER UNTERNEHMER Nein.
DER BANKER Tät niemand weltweit. *Sieht ein Erdnüsschen.* Da. Da ist noch eins. *Gibt es dem Unternehmer. Der Unternehmer isst es.*
DER BANKER Wie sagt man?
DER UNTERNEHMER Was?
DER BANKER Man sagt Danke.
DER UNTERNEHMER Danke.
DER BANKER Als ich achtzehn war, trampte ich durch halb Griechenland. Ich schlief am Strand und so. Fuhr mit den Fischern mit. Vielleicht, wenn ich dort geblieben wäre…
DER UNTERNEHMER Bei mir wars Frankreich.
DER UNTERNEHMER Naxos. Ich wär heute ein Fischer in Naxos.
DER UNTERNEHMER Auch achtzehn, auch getrampt. Ich half bei der Pfirsichernte.

DER BANKER Ich konnte kein Griechisch, verstand die alle nicht.
DER UNTERNEHMER Ich kann heute noch nicht Französisch.
DER BANKER Was hätte aus uns werden können…
DER UNTERNEHMER … wenn wir nicht geworden wären, was wir geworden sind.
DER BANKER Ja.
DER UNTERNEHMER Ja.

16 Alles läuft aus dem Ruder

DIE NGO-DELEGIERTE *am Fenster* Hier stinkt es. Warum kann man das Fenster nicht öffnen?
DER BISCHOF Sie stinken, Fräulein. Sie stinken einfach.
DIE NGO-DELEGIERTE Weihrauch, Schweiß, Urin. – Früher ging das auf.
DER PROFESSOR Irgendwas riecht hier sehr streng, das stimmt.
DER UNTERNEHMER *meint den Minister* Er hat in die Hosen geschissen.
DER MINISTER Warum kann man hier nicht raus?
DER PROFESSOR Scheiße kann man essen. Wenn man sie Kot nennt, kann man sie essen.
DER MINISTER *weil ihn alle begehrlich ansehen* Ich habe nicht in die Hosen geschissen.
DER BANKER Urin. Urin kann man trinken.

DIE NGO-DELEGIERTE *am Fenster* Da kannst du einen Ziegelstein dagegen werfen. Zu.

DER UNTERNEHMER *zum Professor* Wo soll hier Scheiße herkommen. *Zum Banker.* Aus dir sicher nicht.

DER BANKER Ich geb dir einen Tausender für ein halbes Glas Urin.

DER UNTERNEHMER Wo soll hier Urin herkommen.

DER PROFESSOR Nichts rein, nichts raus. Das ist ein Naturgesetz.

DER MINISTER Sag ich die ganze Zeit schon.

DER CHINESE *chinesisch* Mao Tse Tung hat das gesagt. Mao Tse Tung.

DER BISCHOF Geld stinkt, das hat Jesus gesagt. Das Geld stinkt hier so.

DER BANKER *Erkenntnis* Geld!

DER UNTERNEHMER Was, Geld?

DER BANKER Ich ess mein Geld. *Isst Geld.*

DIE GELIEBTE DES BANKERS Gib mir auch einen Hunderter.

DER UNTERNEHMER Genau. Ich hab doch irgendwo… *Isst Geld.*

DIE GELIEBTE DES BANKERS *hat einen Schein gekriegt* Das ist ein Fünfziger. *Isst.*

DER BISCHOF Kreditkarten. Von Kreditkarten hat Jesus nichts gesagt. *Isst seine Kreditkarte.*

DER PROFESSOR Ich hab Euro und Dollars. Was hat den besseren Nährwert? *Entscheidet sich, isst.*

DER MINISTER Dollars würde ich nie essen. *Isst.*

DER CHINESE Renminbi. *Isst.*
DIE NGO-DELEGIERTE Die Bahncard. Vielleicht die.
DER BANKER *spuckt aus* Ungenießbar.
DER BISCHOF *nimmt die Kreditkarte aus dem Mund* Stinkt nicht mal, kann man trotzdem nicht essen.
DIE ANDERN *hören auch auf zu essen* Brrr. Entsetzlich. Pfui.
DER BISCHOF Der jüngste Tag. Alle reden vom jüngsten Tag. Aber schrecklich ist der Tag davor. Der zweitjüngste.
DIE NGO-DELEGIERTE Was mümmeln Sie da?
DER BISCHOF Sie wissen, morgen ist er. Der jüngste Tag. Aber heute ist erst heute.

Stille.

DER PROFESSOR Ich kriege keine Luft mehr.
DIE NGO-DELEGIERTE Da ist keine Luft mehr.
DER UNTERNEHMER Ich atme eure Fürze.
DER MINISTER Schon in Berlin dachte ich, ich ersticke. Aber verglichen mit dem war das nichts.
DER UNTERNEHMER *mit einer Münze* Kopf: ich geh. Zahl: ich geh nicht. *Wirft, schaut.*
DER PROFESSOR Und?
DER UNTERNEHMER Kopf. Ich geh. *Tut nichts.*
DER BISCHOF *wirft sich auf die Geliebte des Bankers* Einmal eine Frau wie Sie. Mit der letzten Luft.
DIE GELIEBTE DES BANKERS Henner!

DER BANKER Ich mach achtzehn Millionen im Jahr und muss mir das bieten lassen.
DER BISCHOF Gott hat Sie erschaffen. Gott hat mich erschaffen.
DER BANKER Manchmal zwanzig Millionen.
DER BISCHOF Gott hat die Versuchung erschaffen.
DIE GELIEBTE DES BANKERS Was tun Sie da eigentlich?
DER BISCHOF Ich versuchs.
DIE NGO-DELEGIERTE Nehmen Sie Ihre Pfoten von ihr weg.
DER BANKER *brüllt die NGO-Delegierte an* Was wissen Sie denn. Sie haben im Bett noch ihren Rucksack an. Ihr Lover sowieso.
DIE GELIEBTE DES BANKERS *zu diesem* Henner!
DER BANKER Vögeln mit einem Rucksack! Ha!
DER BISCHOF *zur Geliebten des Bankers* Joseph! Ich heiße Joseph!
DIE NGO-DELEGIERTE Das ist doch ungeheuerlich. Fünf Männer, und keiner tut was.
DER UNTERNEHMER *zum Bischof* So schaffen Sies nie.
DER PROFESSOR *stößt den Bischof von der Geliebten des Bankers runter. Vögelt sie sofort kundig* So geht das, Mann Gottes.
DIE GELIEBTE DES BANKERS Henner!
DER BISCHOF *zum Professor, seine Kleider ordnend* Wenn Sie schon mich nicht respektieren, so respektieren Sie wenigstens das Gewand, das ich trage.

DIE NGO-DELEGIERTE *zum Professor, zusehend* Hören Sie auf, Sie Ungeheuer! *Zusehend, zunehmend erregter.* Sie Unmensch! *Zusehend.* Sie Monster!
DER PROFESSOR *vögelnd, zur Geliebten des Bankers* Wie heißt du?
DIE NGO-DELEGIERTE Petra. Ich heiße Petra.
DER PROFESSOR *zur Geliebten des Bankers* Ich heiße Klaus.
DER BISCHOF Ich geh jetzt. *Tut nichts.*
DER UNTERNEHMER *zum Professor* Muss das sein?
DER BANKER *brüllt, zum Unternehmer* Lass das meine Sorge sein.
DIE GELIEBTE DES BANKERS *in Ekstase* Henner!
DIE NGO-DELEGIERTE *im gleichen Ton* Klaus!
DER PROFESSOR *dito* Genau! Klaus!
DIE GELIEBTE DES BANKERS *immer noch* Sonja! Ich heiße Sonja!
DIE NGO-DELEGIERTE *immer noch* Ich heiße Petra!

Der Chinese tanzt jäh einen hysterischen Tanz, chinesische Gesänge heulend.

DER PROFESSOR *gleichzeitig, schriller Höhepunkt* Sonja. Sonja. Sonja.
DIE GELIEBTE DES BANKERS *dito* Klaus. Klaus. Klaus.

Beide erschöpft ineinander.

DIE NGO-DELEGIERTE *zum Banker* Da sehen Sie,

was sie mit dem armen Mädchen angerichtet haben.
DER BANKER Wieso ich?
DIE NGO-DELEGIERTE Männer. Das Hirn im Schwanz. Können an nichts anderes denken.

Das Licht flackert. Alle schauen nach oben. Es geht aus. Dunkel.

ALLE Oh.
DIE NGO-DELEGIERTE *hysterisch* Fassen Sie mich nicht an.
DER BISCHOF Herr im Himmel.

Das Licht kommt zögernd zurück.

DER UNTERNEHMER Das Haus hat eine Notstromanlage, läuft mit Diesel.
DER PROFESSOR Ein Haus der Fünfsterneplus-Kategorie muss eine haben, das ist Vorschrift, wie bei den Spitälern.

Stille. Das Licht ist wieder wie vorher. Der Chinese tanzt auch nicht mehr.

DER BISCHOF *zieht die Soutane aus* Diese Hitze. Nicht auszuhalten. *Er ist nun in bischöflicher Unterwäsche.*
DER MINISTER *dito. Auch in Unterwäsche* Eine Sauna ist eine Kühltruhe dagegen.
DER UNTERNEHMER *dito* Das sind glattwegs fünfzig Grad.

DER BANKER *dito* Heiß wie. *Zum Bischof.* Wie in der...
DER BISCHOF Sagen Sies nicht!
DER BANKER Hölle.
DER BISCHOF *explodiert* Ich kann das Wort nicht hören, ich habs Ihnen gesagt.
DER BANKER Hölle.
DER CHINESE *chinesisch* Hölle. Hölle. Hölle.
DER BISCHOF Was?
DIE GELIEBTE DES BANKERS Er sagt: Hölle, Hölle, Hölle.
DER CHINESE *nickt, chinesisch* Hölle.
DER BISCHOF *zum Chinesen* Wenn Sie schon mich nicht respektieren, so respektieren Sie wenigstens das Gewand, das ich trage.
DER CHINESE *chinesisch* Heiß ists. Da haben Sie Recht. *Zieht sich auch aus. Chinesische Unterwäsche.*
DIE GELIEBTE DES BANKERS Was für ein Tag. *Zieht sich auch aus. Unterwäsche.*
DIE NGO-DELEGIERTE *zieht sich auch aus. Unterwäsche.* Genau. Da bin ich solidarisch.
DER PROFESSOR *zieht sich aus. Unterwäsche.* Wie Weihnachten und Ostern zusammen. Nur ohne Luft.
DIE GELIEBTE DES BANKERS Heißer.
DER BISCHOF Am Tag vor dem jüngsten Gericht tut jeder, was das Gesetz ihm befiehlt.
DER PROFESSOR Was für eine Gesetz?
DER BISCHOF Sein eigenes.
DER BANKER Den Vater erschlagen.

DER MINISTER Die Mutter erkennen.
DIE GELIEBTE DES BANKERS Die Kinder aussetzen.
DER CHINESE *chinesisch* Die Familie ausrotten.
DER UNTERNEHMER Aus dem Fenster springen.
DIE NGO-DELEGIERTE Alle Atomsprengköpfe zünden. Alle Raketen abfeuern. Alle Viren freisetzen.
DER BISCHOF Es gibt keine Hölle. Es gibt keinen Himmel. Es gibt keinen Gott. Es gibt den jüngsten Tag.

17 Das Ende vom Geld

Unendlicher Raum, bis zum Horizont. Furchtbares Licht. Alle. Der Chor. Kommt er von weit hinten näher? Viele Stimmen; auch der Chor hat Text. Größte Heftigkeit, auch musikalisch.

ALLE JP Morgan Chase & Co und die Bank of America Group und die Citigroup und die Royal Bank of Scotland sie alle die HSBC die Wells Fargo & Co die Mitsubishi die UGJ die ICBC die Crédit Agricole Group auch sie die Santander Central Hispano die Bank of China die Construction Bank die Goldman Sachs BNP Paribas Barkleys Bank Mizuho Morgan Stanley UniCredit ING Bank die Deutsche Bank die Sonne glüht auf sie hernieder Strahlensäulen schießen aus den Himmeln Flammenbündel Vulkane brechen unter den Kellern aus in denen die Goldbarren gestapelt sind ihre Lava speit die schmelzenden Goldschätze hoch in die Lüfte aus denen sie flüssigglühend zurückstürzen und die fliehenden Banker verschütten die um Gnade flehenden die ganze City ist voller vergoldeter CEOs Trader Backofficemänner Anlageberaterinnen die im Lauf erstarren goldglänzend mit goldenen Schuhen im flüssigen Asphalt kleben in den goldüberzogenen Businesskoffern zerfallen die Memoranden Strategiepapiere Gewinnprognosen zu Asche manche kommen bis zum Fluss unvergoldet in den sie sich stürzen um sich zu retten sie verbrühen weil das Wasser kocht Ratobank Group Société Génerale Agricultural Bank of China Intesa Sao Paolo oh wie sieht unsere Stadt aus diese schöne Stadt die Glastürme in Scherben die Menschen ihre Haut verlodert ihr Fleisch verkohlt ihre Knochen glühen auf ein kurzes Aufflammen rötlich eher blau dann sind die VIPs von einst verpufft oh wer hilft uns andern keiner niemand kein Evakuierungsplan kein Worst-Case-Szenario keine Handlungsanleitung im Falle des GAU kein ADAC keine Rettungsflugwacht kein Gott in den Burgen der Zentralbank in den Türmen der Bank für Internationalen Zahlungsausgleich der Weltbank geht es zu wie zu Babel alle schreien in ihren Landessprachen in die Telefone Suaheli Pandschabi Oberfränkisch die Leitungen sind tot bevor sie hallo gesagt haben oder Hilfe Jerusalem New York London Mumbai von Frankfurt nicht zu unterscheiden die der Erde nächsten Nachbarn solche die Augen haben werden in vierzehntausend Jahren ein seltsames Aufglühen in ihrem Himmel sehen einen kurzen fernen Blitz im sonst schwarzen All die verglühende Erde sie werden Theorien aufstellen ein Zusammenstoß zweier Planeten in einer fernen Galaxie aber auf die simple Wahrheit werden sie nicht kommen dass die Menschen in den Türmen aus den Fenstern springen so lange bis sie im obersten Stock ebenerdig ins Freie gehen können und trotzdem sterben niemand hätte gedacht dass es alle trifft alle dachten dass es andere verwüstet nicht sie ja und jetzt sind wir alle dran zur selben Stund die Schuldigen und die Unschuldigen die Kunden und die Berater die Kreditnehmer und die Kreditgeber die Armen und die Reichen die Cleveren und die Langsamen die Säufer und die Nüchternen Männer und Frauen du und ich.

18 Das Ende vom Stück

Die Situation des Beginns. Alle, wie zuvor, an den Handys. Allerdings immer noch in Unterwäsche.

DER BANKER *am Handy, wirft sich einen Mantel über* Ja, Maus. Die Leitung war weg, aber jetzt steht sie wieder. Also, ich fahr jetzt, gell, alles klar. Bis gleich. *Zu den andern.* Bye everybody. *Ab.*
DIE GELIEBTE DES BANKERS *drückt SMS, in ihr Kleid schlüpfend* Na endlich, du Miststück. *Sieht, dass Banker geht.* Henner? Und ich? *Ab.*
DIE NGO-DELEGIERTE *zieht ihren Rucksack an, nimmt das Kleid* Ich krieg den zwölf Uhr nulldrei noch, bin rechtzeitig im Büro. Bis gleich. *Ab.*
DER UNTERNEHMER *am Handy, mit Mantel* Also, die gehen jetzt definitiv, ich auch, ist soweit alles klar mit der Sendung. Wen wir zu Anne Will schicken, können wir morgen. Ja. Bis dann. *Zu den andern.* Bis dann. *Ab.*
DER PROFESSOR *am Handy, dito* Dad-Hedge-Fonds, sagte ich. Ja. Ich fahr jetzt. *Zu den andern.* Bis zum nächsten Mal. *Ab.*
DER CHINESE *chinesisch, schultert sein Gewand, am Handy* Ich nehme den Abendflug. China Airlines. Ja, o.k. *Zu den andern, deutsch.* Auf Wiedersehen. *Ab.*
DER MINISTER *am Handy, setzt seinen Hut auf* Ja. Ich werde das morgen im Bundestag klarstel-

len. Das Sowohl aber auch das Aber auch. Jede Sache hat zwei Seiten. Das muss man klar und deutlich sagen, ohne Kompromisse. *Ab.*

DER BISCHOF *am Handy, zieht sich das Bischofsgewand über* Fangen Sie mit der Messe ein bisschen später an. Dann schaff ichs noch zur Wandlung. Salve. *Zum Hoteldirektor, der auftritt.* Gott sei bei uns. Bis zum nächsten Mal. *Ab.*

DER HOTELDIREKTOR *tadellos gekleidet, wie immer* Es wird mir eine Ehre sein. Und gute Fahrt. *Er räumt dies und das auf. Es klopft ans Fenster. Er öffnet. Die Taube.* Da bist du ja wieder. *Tut sie in die Tasche.*

Black.

Münchhausens Enkel

PERSONEN

MÜNCHHAUSENS ENKEL (DER JUNGE)
DER PIANIST (DER ALTE)

1 Die üble Nachricht

Die Bühne leer. Als Requisiten das Nötigste. Ein Flügel. Zwei Stühle. Ein Abstelltisch. Ein Telefon. Dieses klingelt.

DER JUNGE *tritt auf* Ja. Ich komme ja. *Nimmt den Hörer ab.* Ja? *Hört, eine schlechte Nachricht.* Nein. Nein. – Ja? – Ich kann jetzt nicht. Geb heute meinen Jour, das weißt du doch. *Brüllt jäh.* Weiß ich doch nicht. Dementier alles. Lösch die Festplatte. Wenn wir heil ins Wochenende kommen, sind die Börsen geschlossen. *Wieder ruhiger.* Die kommen jeden Moment. Bodmer, Montmollin, Hänggi, die Wieseler. Der alte Stucki. Grädel hat extra seinen Termin mit der Widmer-Schlumpf um eine Tag verschoben wegen mir. Die stehen alle schon fast auf dem Teppich, und der Butler ist noch nicht da. Einfach nicht da, James, oder eventuell John. Der Pianist ist auch noch nicht aufgekreuzt. Und jetzt du mit diesem Scheiß. – Nein. – Alte Pilotenregel: <u>Fly the aircraft first.</u>

Der Alte tritt auf. So was wie ein Frack. Noten unterm Arm.

DER JUNGE Da kommt der Klavierspieler. Kein Wort zu niemandem, und wenn Joe Ackermann persönlich anruft. *Legt auf.* Herrgott.

Das wurde auch Zeit. Matthew ist auch noch nicht da, Edward. Jetzt müssen Sie halt mal ran. Sie kümmern sich zuerst um die Getränke, und das Fingerfood, los, ist alles in der Küche, ans Klavier können Sie dann immer noch. – Ein bisschen Bewegung, Brendel. Los. Los.

Der Alte ab, in die Küche. Der Junge am Telefon.

DER JUNGE Ja. Sind Sie's? Ich bins, ja. – Was? Sie wissen es schon? Sie wissen was? – Dafür sind Sie doch schließlich mein Rechtsanwalt, dass Sie mich aus diesem Sumpf heraus… Was soll das heißen? Dass Sie das Mandat niederlegen wollen.

Der Alte kommt zurück kommt zurück, mit den Getränken auf einem Servierboy. Dem Fingerfood. Stellt den Servierboy neben sich ans Klavier.

DER JUNGE Okay, okay. Wir bereden das nachher. Gehn für einen Augenblick auf den Balkon, rauchen. – Wieso? Wieso kommen Sie nicht zum Jour? Weil alle… Hallo? Hallo?! *Legt auf.* Was fällt dem ein? Ich hab doch nicht die Pest. *Zum Alten.* Dahin, Rubinstein, nicht da. *Der Servierboy.* Herrgott. Das machen Sie doch an jedem ersten Mittwoch des Monats. Das macht Stanley doch an jedem ersten Mittwoch, Paul, das haben Sie doch schon hundertmal gesehen, Horowitz. Der Whisky hier. Der Weißwein hier. Und den Rotwein müssen Sie dekantieren, sag ich Oliver auch jedes Mal. Eine Stunde vorher. Wo bleibt der überhaupt?! Was kommen Sie so spät, das Dekantieren hätten Sie um *Sieht auf die Uhr.* neunzehn Uhr zehn machen müssen, Anda. – *Meint das Telefongespräch.* Die haben Nerven. Das Ermittlungsverfahren ist eröffnet. Mit mir nicht! Nicht mit mir! – Sind das Sushi? Doch nicht Sushi, haben Sie noch alle?! Japan ist out, megaout. <u>Swiss native food</u>! – Stehen Sie nicht rum, Lang Lang. Los, ans Klavier. Die Gäste kommen Ihretwegen, Gulda. Das wissen Sie genau. Wenn sie das Treppenhaus hochgehen, müssen Sie schon spielen. Gibt ne tolle Anfangsambiance. Sweet Georgia Brown. Rucki Zucki. Hello Dolly. – Ich muss noch einen Anruf machen. *Geht in eine Bühnenecke.*

Der Alte geht zum Klavier, nimmt den Servierboy mit.

DER JUNGE Laut. Ein bisschen Pfeffer. Muss ja nicht jeder hören, was ich. – Wenn ich laut sag, mein ich laut.

Der Alte nun sehr laut.

DER JUNGE Hallo! Pronto? Signor Draghi? Sono

io... *Zum Alten.* Nicht so laut, Herrgott, ich versteh ja mein eigen Wort nicht.

Der Alte trinkt, weiterspielend mit einer Hand, einen Riesenschluck aus der Whiskyflasche.

DER JUNGE Pronto? – Niemand da. Nicht mal das Sekretariat. Mittwochabend, noch nicht mal neun, und die Europäische Zentralbank macht den Laden dicht. – *Zurückkommend.* Gut so, Schiff. Zeigen Sie mir, was Sie drauf haben. Haben Sie doch gelernt in Ihrem Konservatorium. Sie kriegen Ihre Gage steuerfrei, da will ich auch was hören dafür. – Die Getränke stehen hier! Hören Sie eigentlich nie zu? *Schiebt den Servierboy an den alten Ort zurück.* Jetzt brauch ich einen Schluck. *Mixt einen Cocktail.* Hab Sie noch nie trinken sehen, Gould. Ja, da hälts jeder, wie er es will. Das ist ein blue lagune. Vier Zentiliter Wodka, so. Zwei Zentiliter Blue Curaçao, jawoll. Ein Zentiliter Zitronensaft und dreizehn Zentiliter Zitronenlimonade.

Eine Mini-Musik-Nummer? Der Junge schüttelt das Getränk im Schüttelbecher. Rhythmisch. Der Alte swingend dazu. Kurz. Siehe Seite 89, derselbe Vorgang gespiegelt.

DER JUNGE Reicht mir für den ganzen Abend. Maß halten, das ist meine Devise. Prost. *Hört zu.* Was sag ich. Klingt doch ganz flott, Barenboim.

2 Ich lass mir doch die Laune nicht verderben

DER JUNGE Ich lass mir von keinem die Laune verderben. Das wäre ja gelacht. *Lacht.* Sehen Sie. Ich lache. Das <u>ist</u> ja gelacht. – Lachen Sie eigentlich nie? – Nicht aufhören mit Spielen, nur weil ich rede, Bärtschi. Sie müssen nicht meinen, nur weil ich rede, höre ich nicht zu. Ich bin der perfekte Multitasker. Kann reden und hören und trinken. *Trinkt.* Ihr Fehler, dass Sie nicht trinken. Mit einer so hochdepressiven, zwangsneurotischen Struktur, wie Sie sie offenkundig nun mal haben, tät Ihnen ein Tröpfchen ab und zu gut. Ich brauch das weniger. Ich bin der coole, neurosenfreie, hochemphatische Typ, da hab ich einfach Glück gehabt. – Sagen Sie eigentlich nie ein Wort? Jetzt kommen Sie seit sieben Jahren zu mir, immer am Jour, spielen uns die Ohren wund, und ich weiß noch nicht mal wie Ihre Stimme klingt. Bariton, würd ich schätzen. Bassbariton. – Und für was brauchen Sie die vielen Noten? Glühwürmchen Glühwürmchen schimmre schimmre, das kann man doch auch freihändig. – Ich glaube, Sie würden schon was sagen, wenn Sie den Text hier auf ihren Noten hätten. Gute Idee. Geb Ihnen einen Hunderter extra, und Sie schreiben sich für den nächsten Jour Text rein. Dann haben wir eine echte Konservation zusammen. – Ich mag Sie, Lipatti. Schätze Sie. Sagen wir mal, ich respektiere Sie. Tadellos, Ihr Klavierspiel. *Hört.* Erste Sahne. *Hört.* Allenfalls ein bisschen viel Pedal, aber das ist Ihre Entscheidung. Und im Forte, da könnten Sie schon ein bisschen mehr zupacken. – Hören Sie. Ich will jetzt einfach, dass Sie mal einen Schluck trinken. Ausnahmsweise. Ein richtiger Mann muss ein Kind zeugen, ein Haus bauen, einen Baum pflanzen und einen Whisky trinken. Das ist das Gesetz. Machen Sie schon.

Der Alte geht zum Flaschentisch hinüber.

DER JUNGE Schottischer Single Malt, sechzehn Jahre alt. *Liest vom Etikett ab.* Ein Glannfiddich.

Der Alte schaut ihn überrascht an.

DER JUNGE Nehmen Sie ein Glas. Schenken Sie ein.

Der Alte schenkt sich ein großes Glas randvoll.

DER JUNGE Halt. Gut. – Auf was warten Sie? Trinken Sie.

Der Alte trinkt das Glas ex.

DER JUNGE Um Gotteswillen, Richter. Maßvoll. So. *Er trinkt ein Schlückchen von seinem Cocktail, genießt.* Genüsslich. Probieren Sies nochmals.

Der Alte schenkt ein.

DER JUNGE Halt, stopp. – Los, keine Angst. Genussvoll!

Der Alte kippt auch dieses Glas.

DER JUNGE Da müssen Sie noch dran arbeiten. Fingerhutweise. Dann werden auch Sie lockerer. – Jetzt aber marsch, an die Arbeit.

Der Alte geht zurück ans Klavier.

DER JUNGE Gilels. Gilels. Treu wie eine Patek Philippe. – *Meint die Gäste.* Wo bleiben die? Sind doch immer pünktlich. Nach einem Schweizer Banker kannst du die Uhr richten. – Ich kann auch ohne die. Nur weil heute die Dinge anders laufen: Die können was von mir lernen, nicht umgekehrt. – Ich will Ihnen mal ein Beispiel geben, Serkin. Diese Wohnung. Wissen Sie, was die mich kostet? 8900 kalt, ohne Nebenkosten. Die ist unabdingbar fürs Business. Ich kann nicht ausziehen, wenn ich ausziehe, denken alle, ich kann mir die Wohnung nicht mehr leisten, und ich bin aus dem Business raus. Darum ist sie steuerlich absetzbar. Hab jede Eventualität voll im Griff. Ich sag Ihnen mal was. Da sehen Sie, dass ich den andern einen Schritt voraus bin. Ich hab die Wohnung da, klar, aber ich habe eine Zweitwohnung in Schlieren. Zweieinhalb Zimmer, tausendzweihundert pro Monat. Eine auf Sozialhilfe designte Zweitbleibe, damit ich, wenns bei uns losgeht mit den Unruhen, da seile ich mich aber so was von subito ab nach Schlieren. Gut, nicht? Da bin ich in Abrahams Schoß, während der Mob die Führungsetage der UBS und der CS an den Füßen durch die Bahnhofsstraße schleift. Den Grädel vierteilen. In meiner Zweitwohnung sind meine zerschlissenen Jeans, der alte Wollpulli. Ich hab sogar angedreckte Unterhosen, falls mich die revolutionären Horden auch dort aufspüren und mir die Hosen runterlassen, dass sie dann sehen, oh, da habe wir uns doch geirrt, das ist einer von uns, so Unterhosen hat einer vom Zürichberg nie. Alles wasserdicht geplant. Ich kann glattwegs zehn Tage lang abtauchen, hab einen Notvorrat, und nach zwei Tagen habe ich sowieso einen Dreitagebart, und nach drei Tagen einen Viertagebart, und nach fünf Tagen, undsoweiter. Nach zwei Wochen sehe ich so aus, dass ich auf die Straße gehen und den politischen Feind gefahrlos fragen kann, hesch mr e Lappe für d Not-

schloofschtell? Und wenn der Grädel und der Bodmer und der alte Stucki dann hinüber sind, bin ich zurück im Geschäft. Als einziger unversehrt. Wickle die Millionenklagen der siegreichen Aufständischen ab, die zurückhaben wollen, was ihre Ausbeuter ihnen über die Jahrzehnte hin weggenommen haben. Da brauchen sie einen wie mich. Da bin ich unverzichtbar. – Was haben Sie denn für eine Handhaltung? Flach, so, wie Mozart. – Sie brauchen noch einen Schluck. *Schenkt ihm ein.* Ein Glannfiddich.
DER ALTE Glennfiddich.

3 Das erste Lied vom Whisky

DER JUNGE *singt* Glannfiddich.

DER ALTE *singt* Glennfiddich.
BEIDE *singen* Glinnfiddich. Glonnfiddich. Glunnfiddich.
   Glunnfiddich. Glonnfiddich. Glinnfiddich.
DER ALTE *singt* Glennfiddich.
DER JUNGE *spricht* Sag ich doch.
DER ALTE *trinkt ex*.

4 Der Urururururururururur-Enkel

DER JUNGE Sie sind gar kein Bassbariton. Sie sind ein waschechter Bass. – Meinen Sie, die kommen alle nicht, weil sie alle schon gehört haben, dass ich? – Hab ich Ihnen gesagt, dass ich mit dem Baron von Münchhausen verwandt bin? Er ist mein Urururururururururur-Großvater. Zehn Ur, de père en fils. Wissen Sie, der mit dem Zopf. Dafür ist er weltberühmt geworden. Ich weiß jetzt nicht mehr, ob das beruflich oder in privater Ausübung war. Jedenfalls, da gabs damals überall noch diese Sümpfe, Moore. Das halbe Land war Moor, auch hier bei uns, das Seefeld, das Bellevue, der Paradeplatz, ein einziger Sumpf. Weich, abgrundweich, wenn du da nur einen einzigen Schritt vom Weg abtatest, stakst du fest im Weichen, stecktest da drin in dem Torfgemenge. Mein Ur-etcetera-Vorfahr schritt an jenem Tag frohgemut fürbass und passte einen Augenblick lang nicht auf, und zack, war er im Ungewissen und merkte, wie er langsam versank. Und weitum kein helfender Mitmensch, allenfalls ein paar Geschäftsfreunde und Konkurrenten, die blind auf dem Pfad voran eilten. Das ist ein echt beschissenes Gefühl, du steckst im Moor, einen einzigen Schritt neben dem festen Pfad, und es verschlingt dich keineswegs auf der Stelle, das Moor ist kein Löwe, aber es gibt dich auch nicht mehr frei, das weißt du von der ersten Sekunde an. Langsam, ganz langsam sinkst du ein. Bleibst du ruhig, ist es falsch, strampelst du um dein Leben, ist es noch falscher. Du sinkst Zentimeter um Zentimeter, zuerst stehst du bis zu den Knöcheln im Moor, dann bis zum Schwanz, dann bis zum Bauchnabel, dann bis zur Brust, dann bis zum Hals. Du reckst das Kinn in die Höhe, so. Tun alle. Alle Moorleichen, die man Jahrhunderte später findet bei den Aushubarbeiten für ein Großüberbauungsprojekt, alle habe das Kinn so in die Höhe, so, alle. Das tust du auch, absaufend, und fühlst doch den kalten Schlamm höher kriechen, der dir jetzt das Maul stopft, und dann kannst du gerade noch bis zehn zählen, und das Moor schließt sich über dir und ist wieder so still und ewig und schwarz wie zuvor. Du bist spurlos verschwunden. – So ging es auch meinem Urururururururur-Großpapa – jetzt hab ich ein Ur zu wenig: Urururururururur: ja, genau. So ging es auch ihm. Knie, Schwanz, Bauch. Er hielt schon die Arme in die Höhe – ja, das tun auch alle, wenn sie absaufen, das täten Sie auch, Zimmermann. Arme in die Höhe, so dass am Schluss, wenn Sie verschwinden, nur noch die Hände aus dem Moor ragen und es aussieht, als würden Sie winken. Und wenn dann gerade wieder dein bester Freund oder Rivale auf dem festen

Pfad vorbeieilt, winkt er in der Regel auch. Es ist besser, er bedenkt gar nicht, was Ihre Zeichen sonst noch bedeuten könnten. Zurückwinken und ab durch die Mitte, das ist die Devise für jeden, der im Moor überleben will. Ja, mein Vorfahr hatte schon die rechte Hand oben – da kriegte er, wie zufällig!, seinen Schopf zu fassen, seinen Zopf, und dafür ist er heute weltberühmt. Das wissen sogar Sie, Rachmaninoff. Da müssen Sie nicht einmal in Ihre Noten schauen. Münchhausen, Zopf, alles klar. Er zog sich an seinem eigenen Zopf aus dem Sumpf! Das Ganze retour: Hals, Bauchnabel, Schwanz, Knie. Und endlich stellte er sich, mit letzter Kraft, auf dem festen Weg ab. – Warum spielen Sie nicht mehr? Die kommen definitiv nicht mehr, das Geldsackpack. Die Ratten, Sie wissen doch, was die mit dem Schiff machen. – Spielen Sie für mich. – Haben Sie nicht etwas mehr Lüpfiges? In Moll? Lüpfig, aber sehr Moll, ein lüpfiges Moll-Adagio. – Ja. Genau. – A propos Versinken. Schiff oder Moor. Mein Ur-Sie-wissen-schon-wer war einmal auf einem Pferd in Polen unterwegs, auf dem Weg nach Russland. Es war ein ganz strenger Winter, einer von damals. Schnee. Schnee. Es wurde Nacht, und nirgends war ein Dorf zu sehen. Des Reitens müde stieg er von seinem Pferd ab und band es an einer Art von spitzem Baumstaken fest, der über dem Schnee hervorragte. Zur Sicherheit nahm er seine Pistolen unter den Arm, legte sich nicht weit davon in den Schnee nieder und tat ein so gesundes Schläfchen, dass ihm die Augen nicht eher aufgingen, als bis es ein heller, lichter Tag war. – Gell, das erzähl ich schön! Das müssen Sie aber auch schön begleiten, Pogorelich. – Ja. – Wie groß aber war sein Erstaunen, als er fand, dass er mitten in einem Dorf auf dem Kirchhof lag! Sein Pferd war anfänglich nirgends zu sehen. Doch hörte ers bald darauf irgendwo über sich wiehern. Als er nun empor sah, so wurde er gewahr, dass es an den Wetterhahn des Kirchturms gebunden war. Nun wusste er sogleich, wie er dran war. Das Dorf war nämlich die Nacht über ganz zugeschneit gewesen; das Wetter hatte aber auf einmal umgeschlagen. Föhn, aber auf Polnisch. Er war im Schlaf nach und nach, so wie der Schnee zusammengeschmolzen war, ganz sanft herabgesunken; und was er in der Dunkelheit für den Stummel eines Bäumchens, der über dem Schnee hervorragte, gehalten und daran sein Pferd gebunden hatte, das war der Wetterhahn des Kirchturms gewesen. – Na ja, da war ja sein Pferd noch dort oben. Er nahm eine von seinen Pistolen, schoss nach dem Halfter, das Pferd landete neben ihm, er sprang in den Sattel und ab nach Russland. – Wenn ich Ihnen das erzähle, ists mir, als hätte ich das alles selbst erlebt. – Schon am nächsten Tag erreichte mein Ur die russische Grenze. – Ja, genau, spielen Sie was Russisches. – In Russland reist man im Winter eben nicht hoch zu Ross. Er kaufte sich also einen kleinen Rennschlitten und spannte sein Pferd an und fuhr wohlgemut auf St. Petersburg zu. Es war mitten in einem fürchterlichen Walde, als er einen entsetzlichen Wolf mit aller Schnelligkeit des gefräßigsten Winterhungers hinter sich ansetzen sah. Er holte ihn bald ein, der Wolf den Baron, und es war schlechterdings unmöglich, ihm zu entkommen. In seinem Schrecken legte er sich platt in dem Schlitten nieder, der Baron, nicht der Wolf, und schloss die Augen und hielt sich die Ohren zu und ließ sein Pferd zu ihrem beiderseitigen Besten allein agieren. – Ich weiß nicht, ob Sie das bemerken. Ich rede im Original-Sound von annodazumal. Mit genau diesen Worten hat mir mein Urururururururururur-Ahn die Geschichte erzählt, ich meine, so hat er sie seinem Sohn erzählt, und der seinem, und der, und so weiter, mit immer denselben heiligen Worten, mit denen ich nun auch Ihnen, mein Sohn, die Geschichte erzähle, Cortot. – Was er zwar vermutete, mein Ahn, aber kaum zu hoffen und zu erwarten wagte, das geschah gleich nachher. Der Wolf bekümmerte sich nicht im Mindesten um ihn, sondern sprang über ihn hinweg, fiel wütend auf das Pferd, riss es auf und verschlang auf einmal das ganze Hinterteil des armen Tiers, das vor Schrecken und Schmerz nur desto schneller lief. Wie der Baron nun auf die Art selbst so unbemerkt und gut davon gekommen war, so erhob er ganz verstohlen sein Gesicht und sah, dass der Wolf sich beinah über und über in das Pferd hineingefressen hatte. Kaum aber hatte er sich so hübsch hineingezwängt, so nahm er seine Peitsche und hieb ihm tüchtig mit seiner Peitschenschnur über das Fell. Solch ein unerwarteter Überfall in diesem Futteral verursachte ihm keinen geringen Schreck; er strebte mit aller Macht vorwärts; der Leichnam des Pferds fiel zu Boden, und siehe!, an seiner statt steckte der Wolf in seinem Geschirre. Er, mein Ur-wie-immer-ich-ihn-nennen-soll, hörte nun noch weniger auf zu peitschen, und so langte er in vollem Galoppe gesund und wohlbehalten in St. Petersburg an. – Wenns jetzt noch klingelt, machen wir die Tür nicht auf. Ist richtig gemütlich geworden, nur Sie und ich.

DER ALTE *eine Weile solo.*

DER JUNGE Der noch. Ich sagte Ihnen ja, er hatte es mit der Jagd. Enten oder Bären, Jacke wie Hose. Er schoss auf alles, was sich bewegte. War in jenen Zeiten gang und gäbe. Heute darfst du nicht mal mehr eine Wespe totschlagen auf dem Butterbrot, weil die eine gefährdete Tierart ist. – Jedenfalls schwammen einst auf einem Landsee, an welchen er auf einer

Jagdstreiferei geriet, einige Dutzend wilde Enten allzu weit von einander verstreut umher, dass er mehr denn eine auf einen Schuss zu erlegen hoffen konnte. Und er hatte nur noch <u>einen</u> Schuss! Gleichzeitig hätte er gern alle gehabt, das war in meiner Familie schon immer so, wir sind maßvoll, klar, aber jeder von uns will immer alles. Alle Enten, wenn es um Enten geht. Mein Vorfahr, der keinen Vornamen hatte – seltsam, gell, immer nur Baron, Baron von und zu Münchhausen, nie Rüdiger oder Siegfried oder Horst. Sie haben doch auch einen Vornamen, klar identifizierbar, Benedetti. Leonardo, wenn ich nicht fehlgehe. Michelangelo. Ich heiße ja auch Hubert. Herbert, meine ich. – Der Baron besann sich auf ein Stück Schinkenspeck, das von seinem Mundvorrat in seiner Jagdtasche noch übrig geblieben war. Dies befestigte er an einer ziemlich langen Hundeleine, die er aufdrehte und so wenigstens noch um viermal verlängerte. Nun verbarg er sich im Schilfgesträuch am Ufer, warf seinen Speckbrocken aus, und hatte das Vergnügen zu sehen, wie die nächste Ente hurtig herbeischwamm und ihn verschlang. Die andern kamen auch rasch herbeigeschwommen. Enten wollen auch alles, Speckbrocken in diesem Fall, und da der glatte Brocken am Faden gar bald unverdaut hinten wieder herauskam, so verschlang ihn die nächste, und so immer weiter. Kurz, der Brocken machte die Reise durch alle Enten samt und sonders hindurch, ohne von seinem Faden loszureißen. So saßen sie denn alle daran wie Perlen an einer Schnur. Glattwegs dreiunddreißig oder vierunddreißig. Er zog sie an Land, schlang sich die Schnur ein halbes Dutzend Mal um Schultern und Leib und ging seines Wegs nach Hause zu. Da er noch eine ziemliche Strecke davon entfernt war und ihm die Last von einer solchen Menge Enten ziemlich schwer fiel, so wollte es ihm fast schon Leid tun, so viele von ihnen gefangen zu haben. Zweiundzwanzig hätten es ja auch getan, oder elf. Da kam ihm aber ein seltsamer Vorfall zustatten, der ihn anfangs in nicht geringe Verlegenheit setzte. Die Enten waren nämlich alle noch lebendig. Fingen, als sie sich von der ersten Bestürzung erholt hatten, gar mächtig an, mit den Flügeln zu schlagen und sich mit ihm in die Luft zu erheben. Nun wäre wohl bei manchem guter Rat teuer gewesen. Hä, Backhaus, was hätten Sie nun getan? Sehen Sie. – Er, mein Vor-Ahn, benutzte diesen Umstand, so gut er konnte, zu seinem Vorteil und ruderte sich mit seinen Rockschößen nach der Gegend seiner Behausung durch die Luft. Als er nun gerade über seiner Wohnung angelangt war und es darauf ankam, ohne Schaden sich herunter zu lassen, so drückte er einer Ente nach der andern den Kopf ein. Der Ersten, knack. Der Zweiten,

knick. Der Dritten, krach. Der Vierten, der Fünften, einer nach der andern. Schädel, drücken, aus. Auf die Art kriegte er einen makellosen Landeanflug hin, eine Punktlandung, und er sank dadurch ganz sanft und allmählich gerade durch den Schornstein seines Hauses mitten auf den Küchenherd, auf welchem zum Glück noch kein Feuer angezündet war. Da saß er, mitten in seinen Enten, von denen ganze drei noch nicht tot waren, seine Lande-Enten, aber gleich danach, rock, zack, zuck auch. – Wieso eigentlich trinken Sie nichts? Ist unser letzter Abend. So, hier, ohne Sorgen. Haben Sie etwas gegen Glunndiffdich?
DER ALTE Glennfiddich.
DER JUNGE Sag ich ja.

Der Alte trinkt ein Glas ex.

DER JUNGE Was sag ich.

5 Das zweite Lied vom Whisky

BEIDE *singen. Die Melodie des ersten Lieds retour oder so was?*
 Glannfiddich. Glunnfiddich.
 Glonnfiddich. Glinnfiddich.
DER ALTE *singt* Glennfiddich.
DER JUNGE *singt* Glonnfiddich.

DER ALTE *singt* Glennfiddich.
DER JUNGE *singt* Glinnfiddich.

6 Noch zwei Geschichten vom Ururururururururur-Großvater

Der Alte spielt nun weniger treffsicher.

DER JUNGE Da sind noch die Geschichte mit dem Wolf und die vom Bär. Der Wolf zuerst. Auf der Jagd griff ein Wolf meinen Ururururururururur-Großvater so jäh und schnell und unversehens an, mit weit aufgerissenem Rachen voller Reißzähnen, dass mein lieber Urvormünchhausen das Gewehr gar nicht mehr in Anschlag bringen konnte. Er griff also dem Wolf weit in den Rachen, ganz hinein, bis der Arm bis zu den Schultern in ihm drin war, blitzschnell, bevor das Ungeheuer zubeißen konnte und fasste ihn von innen am Arschloch, verzeihen Sie mir die Ausdrucksweise, Chopin, aber so wars, mit einem krummen Finger hakte er sich von innen ein, und dann zog er mit einem satten Ruck den Arm zurück, alles in <u>einer</u> Bewegung wie bei einem Handschuh und stülpte den Wolf einfach um. Innen war nun außen und außen innen, da bettelte der Wolf natürlich in sich selber gefangen um Erbarmen, aber <u>the winner takes all</u>, und der Gewinner war der Baron und

85

nicht der Wolf. – War das ein cis? Wieso spielen Sie ein cis? Das sollte doch eher ein d sein. – d! – Das ist ein e. – Na endlich.

Der Alte spielt jetzt nur noch d.

DER JUNGE Ja, ja, ist ja gut. – Der Bär noch. Zu seiner Zeit, meines Urstammvaters Zeit, konntest du ja nicht in den Wald gehen, ohne dass da unvermutet ein Bär vor dir stand. Braun-, Schwarz-, Eis-, Wasch-, Land-, See-, Grizzlybär: Die Bären waren überall. Es war ein saukalter Winter, minus zwanzig Grad mindestens, und mein antiker Opa lustwandelte trotzdem zwischen den Bäumen, als plötzlich so ein Bär, so groß wie Sie und ich zusammen, vor ihm stand, und alles, was mein Ur-Papa tun konnte, war eiligst auf den nächsten Baum zu klettern. Dummerweise aber fiel ihm das Messer, die einzige Waffe, die er bei sich hatte, beim Hochklettern aus der Tasche und in den Schnee hinunter. Ja, was hätten Sie jetzt getan, Liszt? Eben. Mein adeliger Opa aber, nicht faul, machte den Hosenschlitz auf – machen Sie das mal bei minus zwanzig Grad, auf einem Baumast hockend, und unter Ihnen faucht der Bär und schickt sich an, zu Ihnen hochzuklettern: Machen Sie da mal den Hosenladen auf. Er jedoch holte seinen – na Sie wissen schon – heraus und pinkelte auf das ferne Messer hinab. Ein satter Strahl, der noch während des Schiffens gefror, so dass er ohne Mühe das Messer zu sich hochziehen konnte, gerade noch rechtzeitig, um es dem hochkletternden Grizzly in den Rachen zu stoßen.

7 Maßhalten, revidierte Fassung

DER JUNGE *weil man seit 6 dem Alten die Trunkenheit anhört* Was ist denn mit Ihnen los?
DER ALTE *spielt.*
DER JUNGE Echt?
DER ALTE *spielt.*
DER JUNGE Nein?!
DER ALTE *spielt.*
DER JUNGE So schlimm?
DER ALTE *spielt.*
DER JUNGE Ja, ich hab auch meine Bürde zu tragen.
DER ALTE *spielt.*
DER JUNGE Kommen Sie mal her.
DER ALTE *spielt.*
DER JUNGE Her! Hierher!
Weil sich der Alte beim Aufstehen am Klavier halten muss.
Und lassen Sie das Klavier wos ist.

Der Alte kommt. Steht leise schwankend vor ihm. Der Junge begutachtet ihn.

DER JUNGE Mann, Bartók. Sie sind ja hackevoll. *Geht um ihn herum.* Das ist interessant. Von dem bisschen Glunnfiddich?
DER ALTE Glennfiddich.
DER JUNGE Und? Fühlen Sie sich gut? *Betrachtet ihn.* Ja. Sie fühlen sich gut.

Der Alte schenkt ein Glas voll, gibt es dem Jungen.

DER JUNGE Ein wissenschaftliches Experiment?

Der Alte nickt.

DER JUNGE Sie meinen, ich?

Der Alte nickt. Der Junge trinkt sofort ex.

DER JUNGE Ahh.

Der Alte begutachtet ihn. Schenkt ein weiteres Glas ein. Der Junge: ex.

DER JUNGE Ahhhh.

Der Alte geht um ihn herum.

DER JUNGE Und? Fühle ich mich gut?

Der Alte nickt.

DER JUNGE Ja. Ich fühle mich gut. Besser. – Da

habe ich irgendeinen Fehler in meiner Trinkphilosophie. Maßhalten, das ist auf jeden Fall richtig. Aber es kommt auf das Maß an! Ich rechne in Zentilitern, und Sie in Litern. *Schenkt sich ein Glas voll.* Wish me good luck. *Trinkt ex.* Ahhh. Das ist es.

8 Was Münchhausen konnte, kann ich noch lange

DER JUNGE *setzt sich ans Klavier. Spielt er manchmal? Der Alte mischt sich, schwankend, einen blue lagune. Alles falsch?* Die Bären auf dem Markt, sag ich Ihnen nur, Gershwin, die ziehen, wenn Sie <u>longterm</u> arbeiten, den Kürzeren. Notwendig. Ich bin bullish, total bullish, immer. Du musst angreifen im Markt. Manchmal hetzen die dich schon auf einen Baum, wenn du just ganz oben auf der Welle gekauft hast, bevor sie abbricht. Weil du der Einzige im Markt warst, der überhaupt kaufte. Das ist die Idee dahinter. Dann sind natürlich alle hinter dir her, weil du null Liquidität hast im Augenblick. Drum sind die hinter mir her jetzt. Aber nicht mit mir. Ich pinkle denen auf den Kopf, um mich herum ists so kalt, so eisig, dass mein Pinkelstrahl auf der Stelle festfriert und scharf wie ein Dolch wird. Wie eine Stricknadel. Ich stech denen die Augen aus, bevor sie ihre Tatzen auf meine Vorzugsaktien gelegt haben. Und dann türmt sich ja schon die nächste Welle auf, und ich reite auf ihrem Kamm ganz oben, höher als das letzte Mal, zwölf oder zwanzig Prozentpunkte höher, und diesmal stoße ich den ganzen Krempel ab, bevor die Welle bricht, all die blöden Bären kaufen ihn, und ich schwimme nicht mehr im kalten Wasser, sondern in herrlich warmer Liquidität. – Ich sollte einen Fußballklub kaufen mit all dem Geld, die Grasshoppers sind billig zu haben. Ich kauf mir die Grasshoppers oder Inter Mailand. Oder einen Zoo voller Bären und Wölfe und Enten. Die füttere ich dann mit meinen Überschüssen. – Klar bin ich bullish. Aber natürlich kannst du am Markt auch bearish sein, sogar woolfish. Auch so sind Gewinne durchaus möglich. Aber die große Menge der Anleger ist duckish, die spekulieren wie die Enten. Gack gack gack. – Die kommen nicht draus. Mann, Arrau, du musst andocken, wenn die Kurse ganz oben sind. Natürlich schmelzen die Kurse dann, und es sieht so aus, als säßest du in deinem eigenen Friedhof. Aber das sieht nur so aus, für die andern, die sich das eigene Grab schaufeln, indem sie jetzt auch die Papiere kaufen, deren Mehrheit ich schon längst habe. Und wenn die dann auf ihren Werten sitzen, die Pfeifen, und sich freuen wie die Osterhasen, dann kommt nämlich schon der nächste Winter und noch mehr Schnee als im

Winter zuvor, und die Kurse steigen und steigen, ich muss nur wach bleiben und immer ganz oben auf dem Schnee, und bald sind die andern, diese verschlafenen Pumpen, eingeschneit und ich längst wieder auf der Höhe von früher, höher und höher, ja, dann müssen die eingeschneiten Bären natürlich verkaufen, Panik, Panik, ich kauf den ganzen Kram für einen Pappenstiel, und wenn dann wieder der Sommer kommt und die Kurse erneut schmelzen, habe ich meine Gewinne längst realisiert. Eine Performance von achtundzwanzig Prozentpunkten. Und dass mein Pferd noch an der Kirchturmspitze hängt, ist mir auch wurscht, ich schieß es runter, und wenns alle Beine bricht, Pferde gibt es genug auf dem Markt. – Beethoven, hab ich dir schon gesagt, dass du mein bester Freund bist? Mein einziger? Ich mag Menschen, die schweigen. Ich bin im Grunde genau wie du. Sag nur das Nötigste.

DER ALTE Glennfiddich.

DER JUNGE *bestätigend* Glinnfiddich.

DER ALTE Sag ich doch.

DER JUNGE Zur Zeit hab ich den »Give-me-all-your-money-and-enjoy-the-rest-of-your-life«-Fond laufen. Wär was für dich, du hast beinah schon das Alter meiner Zielgruppe. Ausschließlich vergiftete Papiere. Trash. Normalerweise mischst du so Zeug ja unter ein paar solide Papiere. Ich: <u>Nur</u> Schrott und heiße Luft. Bin da ein echter Pionier. Damit bin ich in den Senioren-Markt gegangen. Du ahnst ja nicht, auf welchen Vermögenswerten diese Alten sitzen. Spazieren im Park ihrer Altersresidenz, wakkeln mit dem Kopf und sind vielfache Millionäre. Du wirfst den Köder aus, an deiner Leine, und der erste Senior frisst ihn, und die andern Greise sehen das und kommen alle heran gefegt mit ihren Rollatoren und fressen den Köder auch. Den gleichen. Ich hab dir ja das Prinzip erklärt. Am Ende hängen alle am Strick, und ich sammle sie ein. Und das wirft man mir jetzt vor! – Solltest du dir mal durch den Kopf gehen lassen. Ich kann deine Gage direkt deinem Konto gutschreiben lassen. – Wenn der Grädel jetzt noch klingelt, werf ich ihn die Treppe hinunter. Mein <u>Jour</u>, und kommt nicht. Keiner kommt. Die haben Nerven! – Wenn deine Konkurrenten dich alles aufs Mal angreifen, unvermutet wie die Wölfe, wie jetzt, musst du dich platt auf den Boden werfen, und die verbeißen sich in ihrer Gier in den Papieren und fressen sie sich gegenseitig weg, bis sie erschöpft im Geschirr hängen, in <u>meinem</u> Geschirr, und ich peitsche sie so heftig auf ihre Hintern, dass sie besinnungslos vorwärtsstürmen und die Kurse in astronomische Höhe treiben, bis sie tot zusammenbrechen und ich Kasse mache. – Das Beste kommt noch, Mozart. Das wird die Krönung meines Lebenswerks. Ich wette gegen die Nationalbank. Die Nationalbank ist der ideale Kandidat. Die fühlt sich sicher. Ist ahnungslos. Ich geh die frontal an, die ist auf so was gar nicht gefasst. Sind ja Währungshüter dort, so was wie Wildhüter fürs Geld, Bannwarte, keine wilden Wilderer wie du und ich. Ich greif denen tief in den Rachen, blitzschnell, durch alle die Devisenreserven und Fremdgeldanleihen und Staatsverschuldungen hindurch bis zum andern Ende. Da, wo sie normalerweise all die Umschuldungskredite ausscheiden. Der Hildebrand, nein, der heißt inzwischen Jordan, ich kenn den, der hat eine Beißhemmung, und schneller als er papp sagen kann, stülp ich ruck zuck seine ganze Nationalbank um. Da liegen die alle kopfüber und landunter da. Dann können sie lange aus dem Erdinnern dumpf Mayday Mayday rufen und Bundesbern und die EZB und den Internationalen Gerichtshof in Den Haag um Hilfe bitten: Ich hab meine Schäfchen im Trockenen, und alles legal. Das darf man, andere in die Pleite treiben. Das ist ein Teil des Business. Das macht die CS jeden Tag.

9 Das Recht steht vor der Tür

Es klingelt.

DER JUNGE Es klingelt. *Es klingelt.* Das ist nicht Grädel. Das sind nicht die andern. *Es klingelt.* Die klingeln nicht so endgültig.

Lange Zeit nichts. Keiner rührt sich. Dann: Klingeln, länger.

DER JUNGE *in Panik* Das ist das Recht. Das Recht kommt immer spät abends, wenn seine Opfer geschwächt und wehrlos sind. Das war bei Madoff auch so, genau wie jetzt, einundzwanzig Uhr vierzehn, als ihn das Recht festsetzte. Das Recht kennt keine Gnade, da ist es gnadenlos. Du tust ein Unrecht, zack, ist das Recht da und. Zweihundertzwölf Jahre hat Madoff gekriegt, selbst bei guter Führung kommt er erst nach hundertsiebzig Jahren wieder frei. *Es klingelt.* Geh nachschauen. Die gehen sonst nicht. Sag, ich sei nicht da. Ich bin in Polen. In Russland. Auf dem Mond.

Der Alte ab.

DER JUNGE Was mach ich jetzt? Ich muss mich an meinem eigenen Zopf. *Er zieht sich an den Haaren.* Du sitzt in der Scheiße und ziehst dich am eigenen Zopf. – Auuu. Das tut weh, der eigene Schopf. *Er versteckt sich, unter dem Klavier.*

Der Alte kommt zurück. Setzt sich ans Klavier. Nach einer Weile.

DER JUNGE Und? – War niemand da? – Haben Sie geklingelt? – Ist das ein Verhör? – Das weiß ich doch nicht, wie das alles gekommen ist. *Offene Panik.* Das sind Riesensummen, um dies hier geht, Richter. Herr Richter. Klar war das ein Schneeballsystem, Herr Vorsitzender, aber das ist doch nichts Böses. – Herr Kommissar. Wir müssen alle sterben, vermutlich. Ja. Wie soll da der Einzelne den Durchblick haben. Sie. Ich. Ich habe ein Recht auf Verteidigung wie jeder Bürger dieses Landes. – Was meinen Sie, wie es einem Bären zumute ist, wenn er sich plötzlich seinem Jäger gegenüber sieht? Immer war er der Chef vorher, und jetzt wird er gejagt. Das ist eine schwierige Umstellung, wenn Sie jahrelang der Jäger gewesen sind. Jetzt bin ich der Bär. Der Grädel schießt mir hohnlachend in den Rachen, hier, in meinen Rachen hier, seine Kugel fegt so schnell in mich hinein, dass der Schock mich herumwirbelt und er mir seinen zweiten Schuss von hinten reinschießt, durchs, verzeihen Sie auch diesmal den Ausdruck, Herr Justizrat, Arschloch, und die beiden Kugeln treffen sich in meiner Mitte, hier, und explodieren und zerreißen und zerfetzen mich. Ich hab schon Dutzende explodierte Bären gesehen. Da sind meine Überreste, hier, am Klavier, im Fingerfood, an der Decke oben. – Ja. – Seit 1989 sitze ich auf den Kanonenkugeln und fliege auf die feindlichen Stellungen zu, und noch jedes Mal ist es mir gelungen, rechtzeitig auf eine Kugel umzusteigen, die in der Gegenrichtung flog. Aber diesmal habe ich den richtigen Moment verpasst, jetzt stürze ich im freien Fall zur Erde hin und crashe hinein ungebremst. Plötzlich bin <u>ich</u> der Crash, nicht die andern. – Herr Gerichtspräsident. Ich plädiere auf mildernde Umstände. Eben noch waren wir alle, Sie doch auch, sicher, dass wir in einer großen Zeit leben, einer Epoche, an die man sich später viel später noch erinnern wird, wenn Amerika längst untergegangen sein wird und sogar China schon nicht mehr die Musik macht, da wird man immer noch von unserm goldenen Zeitalter sprechen, dachten wir beide doch eben noch, wenn längst Afrika die Weltmacht number one ist, der Sudan die Wallstreet von dann, das Zentrum der globalen Ökonomie. Aber das ist eben später, frühestens ab dem Jahr 2030. Jetzt, heute, kann es sein, Herr Hofrichter, dass das hier das Gegenteil einer großen Epoche ist, nicht mal eine kleine, <u>keine</u> Epoche. Dass das so etwas wie ein Loch im Gezeitenablauf ist, die Zehner- und Zwanzigerjahre unsres Jahrhunderts, unser Pech, dass wir just da hinein geboren worden sind. – Du spürst plötzlich ganz deutlich, dass du das Nichts bist, von dem du immer schon geahnt hast, dass du es bist, nichts, niemand, keiner. Das muss Ihnen doch vertraut sein, Herr Staatsanwalt, ich seh das doch, wenn ich Sie so anseh. Es gibt immer wieder tote Epochen, wenn man in so einer zu leben gezwungen ist, dient man der Geschichte in keinster Weise. Nichts zu machen. Du hast keinen Zweck und Sinn. Wir durchleben eine transitorische Zeit. Epoche A wandelt sich in Epoche B. Das braucht seine Zeit. Zum Beispiel hat ein Forscher nachgewiesen, dass es die Zeit zwischen den Jahren sechshundert und tausend gar nicht gegeben hat. Das ist genau dasselbe, in der historischen Erinnerung wirds uns auch nicht geben. Sie nicht, mich nicht. Es ist ein bisschen wie mit der Sommerzeit, die damals schalteten einfach vom Jahr 599 auf tausend um. Die verlorene Sommerzeitstunde wird ja auch nie mehr gefunden und fehlt dennoch niemandem. Im Jahr tausend toste der ganze Erdball in Endzeitängsten. Kometen rasten vorbei. Die Erde bebte. Katzen heulten. Die Meere traten über die Ufer. Die Frauen kriegten stachelige Kinder. – Herr Bundesgerichtspräsident. Sie könnten durchaus auch noch die Paragrafen 157, 213a und 95 bis des Strafgesetzbuchs in Erwägung ziehen. Gier, Größenwahn, Dummheit. Drei Monate bedingt, würd ich sagen, oder Freispruch. Nein? – Ich bin wie Sie. Sie sind wie ich. Wo sollte der Unterschied zwischen Ihnen und mir sein, Herr Scharfrichter? *Hält dem Alten die Hände hin, wie um Handschellen zu kriegen.* Ich bin bereit. Gehn wir.

DER ALTE *schreckt auf* Schon Feierabend? Zu Befehl. *Steht auf, nimmt die Noten.* Bis zum nächsten Mal, Herr Baron. Alles wieder wie heute?

DER JUNGE Alles wieder wie jedes Mal.

DER ALTE *unter der Tür* Übrigens, mein Name ist *Der wirkliche Name des Schauspielers.* Fueter.

DER JUNGE Ich dachte: Glennfiddich.

DER ALTE Das ist der Vorname. Glennfiddich Fueter also.

DER JUNGE Sag ich doch.

DER ALTE Guten Abend. *Ab.*

Urs Widmer geb. 1938 in Basel lebt in Zürich.

Prosa:
Alois. Erzählung 1968; *Die Amsel im Regen im Garten.* Erzählung 1971; *Das Normale und die Sehnsucht.* Essays und Geschichten 1972; *Die Forschungsreise.* Ein Abenteuerroman 1974; *Die gelben Männer.* Roman 1976; *Vom Fenster meines Hauses aus.* Prosa 1977; *Hand und Fuß – ein Buch.* Moon Press 1978; *Das enge Land.* Roman Zürich 1981; *Liebesnacht.* Erzählung Zürich 1982; *Die gestohlene Schöpfung.* Ein Märchen Zürich 1984; *Indianersommer.* Erzählung Zürich 1985; *Das Verschwinden des Chinesen im neuen Jahr.* Zürich 1987; *Auf auf, ihr Hirten! Die Kuh haut ab!* Kolumnen Zürich 1988; *Der Kongress der Paläolepidopterologen.* Roman Zürich 1989; *Die sechste Puppe im Bauch der fünften Puppe im Bauch der vierten Puppe und andere Überlegungen zur Literatur.* Grazer Poetikvorlesungen 1991; *Das Paradies des Vergessens.* Erzählung Zürich 1990; *Der blaue Siphon.* Erzählung Zürich 1992; *Liebesbrief für Mary.* Roman Zürich 1993; *Im Kongo.* Roman Zürich 1996; *Vor uns die Sintflut.* Erzählungen, Zürich 1998; *Der Geliebte der Mutter.* Roman, Zürich 2000; *Das Geld, die Arbeit, die Angst, das Glück.* Zürich 2002; *Das Buch des Vaters.* Roman Zürich 2004; *Vom Leben, vom Tod und vom übrigen auch dies und das.* Frankfurter Poetikvorlesungen, Zürich 2007; *Valentin Lustigs Pilgerreise.* Bericht eines Spaziergangs durch 33 seiner Ge-

mälde. Zürich 2008; *Ein Leben als Zwerg.* Roman Zürich 2008; *Herr Adamson.* Roman Zürich 2010; *Stille Post.* Erzählung Zürich 2011.

Theaterstücke:
Die lange Nacht der Detektive. Kriminalstück UA Basler Theater 1973; *Nepal.* UA Städtische Bühnen Frankfurt 1977; *Stan und Ollie in Deutschland.* UA Tams München 1979; *Züst oder die Aufschneider.* Ein Traumspiel UA Schauspiel Frankfurt 1981; *Der neue Noah.* UA Schauspielhaus Zürich 1984; *Alles klar.* Theater am Neumarkt 1987; *Der Sprung in die Schüssel.* Drama UA Tams München 1990; *Frölicher – Ein Fest.* UA Theaterhaus Gesnerallee 1991; *Jeanmaire. Ein Stück Schweiz.* UA Aufführungshalle Könizstraße 161 Bern 1992; *Sommernachtswut.* UA Steirischer Herbst / Vereinigte Bühnen Graz 1993; *Top Dogs.* UA Theater am Neumarkt 1996; *Die schwarze Spinne.* UA Theater am Neumarkt Zürich 1998; *Bankgeheimnisse.* UA Vaudeville-Theater Zürich 2001; *Kellner Lear.* Ein Vaudeville. UA sogar theater Zürich 2010; *Das Ende vom Geld.* Ein Todesexperiment. UA Staatstheater Darmstadt 2012; *Münchhausens Enkel.* UA Phönix Theater Zürich 2012

Preise und Auszeichnungen:
1974 Karl-Sczuka-Preis des SWF; 1976 Hörspielpreis der Kriegsblinden für *Fernsehabend;* 1985 Preis der Schweizer Schillerstiftung; 1989

Basler Literaturpreis; 1989 Ehrengabe des Kantons Zürich; 1992 Preis des SWF-Literaturmagazins; 1995 Aufnahme in die Deutsche Akademie für Sprache und Dichtung; 1995 Kunstpreis der Stadt Zürich für Literatur; 1997 Kunstpreis der Gemeinde Zollikon; 1997 3sat-Innovationspreis für *Top Dogs;* 1997 Mülheimer Dramatiker Preis; 1998 Heimito von Doderer-Preis, 1999 Aufnahme in die Akademie der Künste Berlin-Brandenburg; 2001 Bert-Brecht-Literaturpreis der Stadt Augsburg; 2002 Franz-Nabl-Preis der Stadt Graz; 2002 Großer Literaturpreis der Bayerischen Akademie der Schönen Künste; 2002 Prix des Auditeurs von Radio Suisse Romande; 2003 Stadtschreiberamt in Mainz; 2004 Preis der Schweizer Schillerstiftung; 2006 Juror des Italo Svevo-Preises; 2006 Gastdozentur für Poetik an der Johann Wolfgang Goethe-universität Frankfurt am Main; 2007 Friedrich Hölderlin-Preis der Stadt Bad Homburg; 2007 Prix littéraire Lipp, Genf.